LES SERVANTES D'APHRODITE

Série « Brigade Mondaine »

DU MÊME AUTEUR
CHEZ LE MÊME ÉDITEUR

(Pages à découper ou à copier)

Je souhaite recevoir :

- ☐ Le catalogue complet
- ☐ Les volumes ci-dessous cochés au prix de 35 F l'unité, soit :

... livres à 35 F = ...

+ frais de port
(1 vol. : 12 F ; 2 à 3 vol. : 15 F ; 4 vol. et plus : 27 F) = ...

Total : ......

Nom : .... Prénom : ....
Adresse : ....
....
Code postal : .... Ville : ....

Paiement par chèque à :

GECEP – Éditions Vauvenargues
15, chemin des Courtilles – 92600 ASNIÈRES

(* Titres épuisés)

N° 1 : LE MONSTRE D'ORGEVAL
N° 2 : LE CARROUSEL DE LA PLEINE LUNE
N° 3 : L'ABOMINABLE BLOCKHAUS
N° 4 : LES SÉMINAIRES D'AMOUR
N° 5 : LE MARCHÉ AUX ORPHELINES
N° 6 : L'HÉROÏNE EN OR MASSIF
N° 7 : UN CHANTAGE TRÈS SPÉCIAL
N° 8 : LES REQUINS DE L'ÎLE D'AMOUR
N° 9 : LA CITÉ DES DISPARUS
N° 10 : LE CYGNE DE BANGKOK
N° 11 : LA MANTE RELIGIEUSE
N° 12 : LE JEU DU CAVALIER
N° 13 : LA CROISIÈRE INTERDITE
* N° 14 : LE HAREM DE MARRAKECH

* N° 15 : LA MAISON DES MAUDITES
* N° 16 : LA PERMISSION DE MINUIT
* N° 17 : LES CAPRICES DE VANESSA
* N° 18 : LA VIPÈRE DES CARAÏBES
* N° 19 : LE VOYOU DE MONTPARNASSE
* N° 20 : LES FILLES DE MONSEIGNEUR
* N° 21 : LA NUIT ARABE DE MONACO
* N° 22 : LA FERMIÈRE DU VICOMTE
* N° 23 : LA PUNITION DE L'AMBASSADEUR
* N° 24 : LA SECTE DES AMAZONES
* N° 25 : LES SIRÈNES DE L'AUTOROUTE
* N° 26 : LE BOUDDHA VIVANT
* N° 27 : LA PLANCHETTE BULGARE
* N° 28 : LE PRISONNIER DE BEAUBOURG
* N° 29 : LES ESCLAVES DE LA NUIT
* N° 30 : LES POUPÉES CHINOISES
* N° 31 : LES SACRIFIÉS DU SOLEIL
* N° 32 : L'EXÉCUTRICE
* N° 33 : LA PRÊTRESSE DU PHARAON
* N° 34 : UN CANAL ROSE POUR CIBISTE
* N° 35 : LES FANATIQUES DE LA VIDÉO
* N° 36 : LES ANGES DE PIGALLE
* N° 37 : SOSIES SUR MESURE
* N° 38 : LA MARQUE DU TAUREAU
* N° 39 : L'ÎLE AUX FEMMES
* N° 40 : LA CHÂTELAINE DE L'ORDRE NOIR
* N° 41 : LA PRINCESSE DES CATACOMBES
* N° 42 : LA DISPARUE DE SUNSET BOULEVARD
* N° 43 : LE PARFUM DE LA DAME EN GRIS
* N° 44 : LES FEMMES MYGALES DE LA CÔTE D'IVOIRE
* N° 45 : LA DANSE DES COUTEAUX
* N° 46 : LES AMANTS DE SINGAPOUR
* N° 47 : LA VEUVE DU LAC
* N° 48 : LES FANTASMES DU NOTABLE
* N° 49 : LA BÊTE DU LUBÉRON
* N° 50 : CARNAVAL À VENISE
* N° 51 : LES NUITS BLANCHES DE LA TOUR EIFFEL
* N° 52 : LOVE TÉLÉPHONE
* N° 53 : GOLF-PARTY
* N° 54 : L'ENFER DU COLLECTIONNEUR
* N° 55 : LES SOMNAMBULES DU DOCTEUR MARLY
* N° 56 : LES ENVOÛTÉS DU MARABOUT
* N° 57 : LA TUEUSE D'HOMMES
* N° 58 : LA DIVA DU BOIS DE BOULOGNE
* N° 59 : LA FOLIE DE BARBE-BLEUE
* N° 60 : LE MANIAQUE DU PARKING
* N° 61 : LE BATEAU DES FILLES PERDUES

* N° 62 : LE DÉMON DU PEEP-SHOW
* N° 63 : LES CHASSEURS DE MIREILLE
* N° 64 : LA PLAGE AUX NYMPHES
* N° 65 : NUITS DE CHINE
N° 66 : LA FILIÈRE MEXICAINE
N° 67 : LES SECRETS DE MADAME MAUD
N° 68 : LA FEMME MASQUÉE
* N° 69 : TRANSPORT DE FILLES
N° 70 : LA SECRÉTAIRE DU PATRON
N° 71 : LA PANTHÈRE DES PALACES
* N° 72 : LES PROFANATRICES
* N° 73 : LA TENTATION DE CAROLINE
* N° 74 : LA LOUVE DES BEAUX QUARTIERS
* N° 75 : LES STRIP-TEASEUSES DU PETIT ÉCRAN
* N° 76 : LES MAÎTRESSES FEMMES DE SAINT-TROPEZ
N° 77 : LE RODÉO DU PLAISIR
N° 78 : LES PROIES DU COMMANDO
N° 79 : LA FEMME-FAUCON
N° 80 : LA TIREUSE D'ÉLITE
N° 81 : LES VOIX DU DÉSIR
N° 82 : LES TAXIS DE L'AMOUR
N° 83 : L'ALLUMEUSE
N° 84 : MAÎTRE ET ESCLAVE
N° 85 : GIGOLO STORY
N° 86 : LA CAVALIÈRE DE L'APOCALYPSE
* N° 87 : LES JEUX DÉFENDUS DE LA PRÉSIDENTE
* N° 88 : L'ÉVENTREUR AUX YEUX D'OR
* N° 89 : JEUNE FILLE AU PAIR
N° 90 : L'INCONNU DU TRAIN BLEU
* N° 91 : LA CALL-GIRL DE MONTRÉAL
N° 92 : LA GRANDE BOURGEOISE
* N° 93 : LE PIÈGE ESPAGNOL
N° 94 : CLUB PRIVÉ
N° 95 : LA SORCIÈRE DE POMPÉI
* N° 96 : VENGEANCE DE FEMME
* N° 97 : LA DEMOISELLE DE PETITE VERTU
* N° 98 : LE VAMPIRE DE BOURGOGNE
* N° 99 : LA CHIENNE DE LUXE
* N° 100 : L'ÉTALON DE SAUMUR
* N° 101 : FIANCÉES SUR CATALOGUE
* N° 102 : LA SIRÈNE DU LOCH NESS
* N° 103 : L'OGRE DE LA BAIE DES ANGES
* N° 104 : LES AMANTS MAUDITS
* N° 105 : LA VÉNUS DE BELLE-ÎLE
* N° 106 : LA BELLE DU CAP D'AGDE
* N° 107 : LE JUSTICIER DU BOIS DE BOULOGNE
* N° 108 : ÉCHANGE DE FEMMES

N° 109 : LES NOCES INFERNALES
N° 110 : LA VIE CACHÉE DU BANQUIER
N° 111 : L'APPRENTIE SORCIÈRE
N° 112 : DERNIER ROUND À MARSEILLE
N° 113 : LES JARDINS DU PLAISIR
N° 114 : DÉLIT D'INITIÉE
N° 115 : LE GRAND PRÊTRE DES ARDENNES
N° 116 : LES PASSIONS DU COLLECTIONNEUR
* N° 117 : LA PAPESSE D'AVIGNON
N° 118 : LES BALLETS ROSES DE SAINT-MALO
N° 119 : LA LETTRE DE L'ENFER
N° 120 : FANTASIA POUR ROCK STAR
* N° 121 : L'ENRAGÉE DU CERCLE POLAIRE
* N° 122 : LE CLUB DES GIRONDINES
* N° 123 : LA POSSÉDÉE DE SÉVILLE
N° 124 : LA REINE DU SCOOP
* N° 125 : LE TOUR DE FRANCE DU TUEUR DES PLAGES
N° 126 : LA PUCELLE D'ORLÉANS
* N° 127 : LE PARC AUX LOUPS
* N° 128 : LA RELIGIEUSE DE BUDAPEST
* N° 129 : LES DÉLIRES DE L'INSOMNIAQUE
* N° 130 : LA LOLITA DU TGV
* N° 131 : LES CHASSES DE LA GRANDE CHARTREUSE
* N° 132 : LA DAME DE SHANGHAI
* N° 133 : LA LOI DU TALION
N° 134 : LE BON PLAISIR DU ROI
N° 135 : LES NUITS BLANCHES DE SAINT-PÉTERSBOURG
N° 136 : UN CIRQUE D'ENFER
N° 137 : LES FRASQUES DU NOTAIRE
* N° 138 : RÉSEAU EXTRA-CONJUGAL
* N° 139 : NOTRE-DAME DE CHARTRES
* N° 140 : LES FAVORITES DU GRAND TURC
N° 141 : L'ARCHANGE DE FLORENCE
N° 142 : LE FANTÔME DE L'OPÉRA
N° 143 : LA DAME DE COMPAGNIE
* N° 144 : LE CHOUCHOU DE LA PROF
* N° 145 : SIMPLE DAMES À ROLAND-GARROS
N° 146 : PARFUM DE STAR
* N° 147 : DÉRAPAGE EN FORMULE 1
N° 148 : LES CHARMES DU BIZUTAGE
N° 149 : POUPÉES SLAVES SANS VISA
N° 150 : LES CHAÎNES DE LA PASSION
N° 151 : NOBLESSE OBLIGE
N° 152 : L'HOMME EN NOIR
N° 153 : PAQUET-CADEAU POUR GENTLEMEN
N° 154 : DANSEUSES À DOMICILE
N° 155 : LE FAUVE DE L'OMBRE

N° 156 : LA SCANDALEUSE DE LA CROISETTE
N° 157 : LE SAUVAGE DE LA FRANCILIENNE
N° 158 : BACCHANALES POUR UN MUTANT
N° 159 : LE COUP DU PLAGISTE
N° 160 : LE CALVAIRE DE CHARLES-HENRY
N° 161 : LA PIEUVRE DE BIARRITZ
N° 162 : LES DÉBORDEMENTS DE M. LE MAIRE
N° 163 : LE BOUCHER DE LA RUE DES ÉCOLES
N° 164 : LA VIERGE ÉTERNELLE
N° 165 : LE FEU DES ENCHÈRES
N° 166 : LA NURSE DU PROMOTEUR
N° 167 : LA PETITE REINE DU TOUR
N° 168 : LE DÉMON DE MINUIT
N° 169 : LA VESTALE DU TEMPLE LUNAIRE
N° 170 : SECRETS DE FAMILLE
N° 171 : LA DRAG-QUEEN DE WESTMINSTER
N° 172 : LE COMPLOT DES VEUVES
N° 173 : LE PONT DES SOUPIRS
N° 174 : LE BAL DES SORCIÈRES
N° 175 : LES SŒURS DIABOLIQUES
N° 176 : BONS BAISERS DE ROISSY
N° 177 : BAGATELLE POUR PHOTOGRAPHE
N° 178 : LA DEÉSSE DE KATMANDOU
N° 179 : MIRAGE POUR PRIX DE BEAUTÉ
N° 180 : LES AVENTURIÈRES DU TROPHÉE PERDU
* N° 181 : LA GRIFFE DE L'ANGE
* N° 182 : CYCLONE À L'ÎLE MAURICE
* N° 183 : LA MORSURE DU RENARD
* N° 184 : LA PASSE SECRÈTE DU TORERO
* N° 185 : LE PHILTRE D'AMOUR
* N° 186 : LE TRAQUENARD INDONÉSIEN
* N° 187 : LE SEIGNEUR D'AUDIERNE
* N° 188 : LA CLINIQUE DU DOCTEUR MOREAU
* N° 189 : LA MASCOTTE DU MONDIAL
* N° 190 : LA FEMME INTERDITE
* N° 191 : LE COUP DE FOLIE D'EMMANUELLE
* N° 192 : LE MUSÉE SECRET
* N° 193 : GEISHA SUR CANAPÉS
* N° 194 : ESCAPADES PRÉSIDENTIELLES
N° 195 : LE LOUP DANS LA BERGERIE
* N° 196 : LES BICHES DE RAMBOUILLET
* N° 197 : LA PISTE DE LA FÉLINE
N° 198 : LE FIL DU RASOIR
N° 199 : LE TRAVESTI D'HALLOWEEN
N° 200 : LES SORTILÈGES DU CASTRAT
N° 201 : L'ÉNIGME DU GRAND HÔTEL
N° 202 : SECRETS D'ALCÔVE

* N° 203 : UNE CERTAINE MADAME EDWARDA
N° 204 : LA DIABLESSE DES ALPILLES
N° 205 : LES FILLES DE FRANKENSTEIN
N° 206 : LA VILLA DU CAP D'ANTIBES
N° 207 : LA SÉQUESTRÉE DES FRANCOFOLIES
N° 208 : LA COMPAGNIE DES FILLES SANS VOILE
N° 209 : LA VIDÉO MAUDITE
N° 210 : LE FRUIT DÉFENDU
* N° 211 : BACCHANALES AUX BAHAMAS
N° 212 : L'ENLÈVEMENT DES SABINE
N° 213 : LA NUIT DU TOP MODEL
N° 214 : LA MADONE DES CHANTIERS

MICHEL BRICE

BRIGADE MONDAINE

LES SERVANTES D'APHRODITE

VAUVENARGUES

Les dossiers Brigade Mondaine de cette collection sont fondés sur des éléments absolument authentiques. Toutefois, pour les révéler au public, nous avons dû modifier les notions de temps et de lieu ainsi que les noms des personnages.

Par conséquent, toute ressemblance avec des personnes existantes ou ayant existé serait totalement involontaire et ne relèverait que du hasard...

Illustration couverture : Loris

ISBN 2-7443-0559-6

CHAPITRE PREMIER

La porte en bois plein était là, juste devant elle, bien close, mystérieuse, vaguement inquiétante avec son petit guichet métallique, fermé lui aussi. Clémentine Souveyrac sentit une brusque appréhension lui nouer le ventre et sa volumineuse poitrine se mit à palpiter à un rythme sensiblement plus rapide.

Elle était au pied du mur. En l'occurrence, en haut de l'escalier, celui qui se trouvait précisément derrière cette porte qu'elle contemplait d'un œil fixe, la pupille légèrement dilatée au centre de l'iris noisette.

Clémentine repoussa ses longs cheveux blonds sur ses épaules et frissonna. Pas tellement à cause du léger vent coulis humide qui s'engouffrait dans ce hall d'immeuble moderne, situé dans la partie neuve de Levallois-Perret, tout près du front de Seine.

Plutôt en raison de ce qu'elle savait l'attendre au pied de cet escalier, encore invisible pour elle. À vingt-trois ans, elle s'apprêtait à plonger au fond du gouffre, au propre comme au figuré.

Pendant plusieurs secondes, d'interminables secondes, Clémentine fut saisie tout entière par l'envie de faire demi-tour, de sortir de l'immeuble, de courir sous les arcades de l'avenue de l'Europe, d'affronter la pluie battante qui n'arrêtait pas de tomber depuis les premiers jours de janvier, afin de s'engouffrer dans la bouche du métro Pont de Levallois, pour rentrer chez elle et oublier l'espèce de folie qui l'avait conduite jusqu'ici.

Au lieu de ça, Clémentine Souveyrac resta clouée sur place, regardant sans la voir vraiment la plaque de cuivre fixée à gauche de la porte de bois sombre :

Les Servantes d'Aphrodite
Club Privé
Sonnez, SVP

Clémentine prit une profonde inspiration, sans parvenir à faire disparaître la désagréable sensation qu'elle avait depuis quelques minutes, de ne pas pouvoir remplir ses poumons à fond.

Voilà. C'est ça qu'elle s'apprêtait à devenir : une « servante d'Aphrodite ». Autrement dit, en langage plus courant, une hôtesse.

Clémentine eut un petit sourire désabusé, qui étira ses lèvres, pulpeuses et rouges comme un fruit trop mûr, tandis que son index droit s'avançait lentement, très lentement, vers le bouton de cuivre de la sonnette.

Hôtesse : un mot qu'elle trouvait bien trop neutre, bien trop « propre » pour la réalité qu'il désignait. Autrement dit, des filles, comme elle, qui se mettaient, dans certains bars conçus à cet effet, à la disposition des clients mâles.

À leur entière disposition.

Officiellement, les hôtesses étaient là pour faire la conversation aux consommateurs, les écouter, s'intéresser à eux, à leurs petits problèmes, etc. Mais toutes les filles savaient bien que les hommes qui fréquentaient ce type de bars ne venaient pas uniquement pour parler, qu'ils venaient chercher autre chose.

Du sexe.

Et aucune hôtesse n'aurait songé à s'en plaindre, puisque, précisément, c'est le sexe qui les faisait vivre. Car, bien entendu, les complaisances des filles n'étaient pas plus gratuites pour le client que les bouteilles de mauvais champagne qu'on s'efforçait de lui faire boire – ou tout au moins payer.

Quand sa copine Sonia lui avait parlé du boulot qu'elle faisait, et lui avait proposé de la « parrainer », Clémentine avait fini par dire oui, mais sans illusion sur ce qu'elle s'apprêtait à faire.

Après un an et demi de chômage, écrasée de dettes, elle avait accepté de se prostituer, juste dans le but de se maintenir la tête hors de l'eau.

— Tu es folle, ça n'a rien à voir ! avait protesté sa copine Sonia, hôtesse depuis plus d'un an, quand Clémentine avait prononcé le mot de prostitution. Faire la pute dans la rue, c'est dégueulasse et dégradant, les mecs te traitent comme du bétail tout juste bon pour l'abattoir. Aux *Servantes*, tu verras, c'est très différent. Les clients te traitent avec des égards, ils sont courtois, gentils, attentionnés. Ils te font la cour, vraiment…

Clémentine avait fait semblant de croire le baratin

de Sonia. Mais au fond d'elle-même, elle était restée sur ses positions premières : une fille qui acceptait de faire l'amour avec un type, ou même de lui prodiguer une simple fellation, en échange de quelques billets de banque, pour elle ça s'appelait une pute, point final.

Et pourtant, elle avait quand même accepté de se présenter à Levallois, aux *Servantes d'Aphrodite*, ce mardi, à deux heures et demie précises.

— T'inquiète pas, je serai déjà là, l'avait rassuré Sonia. Et puis, ne flippe pas : tout le monde sera très gentil avec toi, tu verras. *Les Servantes*, c'est un peu comme une deuxième famille, au fond...

L'index de Clémentine entra en contact avec le cuivre du bouton de sonnette, et l'enfonça résolument. Le timbre aigrelet qui retentit aussitôt de l'autre côté de la porte de bois la fit frissonner et se mordre la lèvre inférieure, sans même qu'elle s'en rende compte.

Au bout de quelques secondes, le guichet métallique de la porte s'ouvrit avec un claquement sec. De l'autre côté, Clémentine vit un œil luire dans la pénombre ; un œil dont, en quelques fractions de seconde, elle eut la sensation qu'il venait de la fouiller jusqu'au tréfonds de son âme.

Après un bref cliquetis de verrou tiré, la porte s'ouvrit. Clémentine se retrouva face à une femme aussi blonde qu'elle, mais plus vieille d'une dizaine d'années environ, mince, vêtue d'une jupe léopard moulante et assez courte, d'un body en lamé argent, et chaussée d'une paire de bottes blanches, à franges de cuir.

Au moment où la porte s'ouvrait, Clémentine sentit une bouffée de chaleur moite et imprégnée de parfums féminins lui sauter au visage. En même temps, les accords assourdis d'une vieille chanson de Michel Polnareff lui parvinrent, depuis le bas de l'escalier.

— Vous désirez quelque chose? lui demanda la blonde, d'un ton assez peu engageant, le visage fermé.

Clémentine avala difficilement sa salive, et répondit d'une voix mal assurée :

— Je m'appelle Clémentine, madame. Je suis l'amie de Véronique... enfin, je veux dire : de Sonia. C'est elle qui m'a dit de...

— Ah ! mais oui ! s'exclama la blonde, tandis qu'un large sourire étirait ses lèvres fines un peu trop rouges et brillantes. C'est vrai que nous avons une petite nouvelle aujourd'hui ! Entre, Clémentine, et sois la bienvenue aux *Servantes d'Aphrodite* : je m'appelle Sylvia, je tiens le bar. Mais, en fait, je suis plus ou moins la gérante. Viens, suis-moi. Sonia n'est pas encore arrivée, mais ça ne fait rien, je vais commencer à t'expliquer comment marche la boutique.

D'un œil scrutateur, Sylvia détailla Clémentine, vêtue d'un jean, d'un pull ample et d'un grand imperméable jaune, et chaussée de baskets Nike bicolores.

— Tu as apporté d'autres fringues, au moins ?

— Oui, oui, Sonia m'a prévenue ! s'empressa de répondre Clémentine, en tapotant le grand sac de skaï noir qu'elle portait à l'épaule gauche. J'espère que ça ira...

Sans répondre, Sylvia s'engagea dans l'escalier, en ondulant de la croupe. Clémentine lui laissa prendre trois ou quatre marches d'avance, avant de lui emboîter le pas, le cœur battant un peu trop vite.

L'escalier était droit, en pente assez raide. Les marches, les murs et le plafond étaient recouverts d'un velours grenat épais qui assourdissait tous les bruits, au point que Clémentine avait l'impression étrange que ses pieds ne touchaient plus réellement le sol.

Seule la voix caressante et sensuelle de Michel Polnareff chantant *Âme câline*, montant des profondeurs obscures et violemment parfumées, parvenait à franchir cette espèce de rempart ouaté.

Plus elle descendait, plus Clémentine sentait que l'atmosphère était lourde, immobile, presque palpable ; comme si jamais l'air frais du dehors n'avait pénétré jusqu'ici ; comme *si Les Servantes d'Aphrodite* étaient un endroit définitivement hors du monde réel.

En bas, Clémentine déboucha dans un vestibule assez étroit. À gauche, un comptoir de bois verni et, derrière, une tringle chromée supportant des cintres métalliques, pour l'instant vides, à l'exception d'un où était suspendu un imperméable beige : le vestiaire des clients.

Au bout de cette sorte de sas, un rideau du même velours grenat que celui recouvrant les murs masquait l'entrée du bar proprement dit.

Au-delà, Clémentine découvrit une pièce d'environ six mètres sur quatre, dont le fond, à gauche, était occupé par le comptoir. Les murs, tendus de rouge eux aussi, étaient décorés de petites appliques à abat-jour orangé, diffusant une lumière douce, intime.

En face de l'entrée s'ouvrait une deuxième pièce, plus petite et plus sombre, qui semblait déserte pour l'instant. À l'intérieur, on pouvait apercevoir des tables rectangulaires disposées devant une banquette courant derrière, tout le long du mur. Alors que, dans la pièce principale, les tables étaient rondes, très basses, et entourées de fauteuils individuels, rouge et enveloppants.

À gauche du zinc, Clémentine remarqua deux portes, l'une portant l'inscription « Toilettes », et la seconde « Privé ».

Quand ses yeux se furent habitués à la pénombre relative qui régnait, elle vit qu'une demi-douzaine de personnes se trouvaient là. Quatre filles et deux hommes.

À voir l'allure des quatre filles – jupes ou robes ultracourtes et moulantes, décolleté plongeant, maquillage un tantinet agressif – Clémentine comprit qu'il s'agissait de ses futures « collègues ».

Les servantes d'Aphrodite…

Déduction d'autant plus facile à faire que l'une d'elle, une petite brune frisée, un peu ronde, souriait complaisamment au quinquagénaire assis à côté d'elle, lequel lui murmurait des choses inaudibles à l'oreille, tout en la caressant assez haut sous sa jupe.

Devant eux, sur la petite table circulaire, une bouteille de champagne dans un seau métallique, et deux coupes à moitié vides.

Les trois autres hôtesses étaient inoccupées, et

feuilletaient des magazines d'un air morose, autour de la même table. Elles levèrent à peine le nez quand Sylvia apparut escortée par la nouvelle recrue.

Quant au deuxième homme présent, il était juché sur l'un des quatre tabourets du bar, et Clémentine trouva assez bizarre qu'aucune des hôtesses ne s'intéressât à lui. Sonia lui avait pourtant seriné que la règle numéro un, aux *Servantes d'Aphrodite*, c'était de ne jamais laisser un client tout seul...

C'était un type d'environ trente-cinq ans, châtain clair, grand et mince, que Clémentine aurait trouvé plutôt beau gosse s'il n'avait pas « tiré une tronche » de six pieds de long, et s'il n'avait pas été habillé d'une manière aussi « ringarde » à ses yeux : son tee-shirt sans manches, façon maille Marcel, ses santiags bicolores, ses bagues aux doigts et sa chaîne autour du cou, ça « craignait » un maximum. Sans parler du pantalon de cuir tellement moulant qu'il en devenait « poutre apparente », et fermé par un ceinturon dont la boucle était constituée par une tête d'aigle au bec proéminent.

La gérante désigna la porte marquée « Privé » :

— Viens, c'est le vestiaire des filles, ici. Je vais t'expliquer comment on fonctionne pendant que tu te changes...

À l'intérieur de la petite pièce tout en longueur, quelques chaises, trois armoires métalliques et, au fond, un coin douche-lavabo-WC, à demi-masqué par un rideau de plastique à grosses fleurs jaunes.

— Vas-y, déshabille-toi, l'encouragea Sylvia, après avoir simplement repoussé la porte derrière elles. Il faut quand même que je vois comment tu es fichue… Savoir si tu vas plaire à la clientèle…

Un peu contrariée que la porte du vestiaire soit restée entrouverte, Clémentine entreprit néanmoins de se défaire de son imperméable, avant de faire descendre son jean, puis de faire passer son gros pull par-dessus sa tête.

— Tu peux enlever ça aussi, murmura Sylvia, en désignant le soutien-gorge de coton blanc qui emprisonnait les globes assez menus mais très fermes de la poitrine juvénile de sa nouvelle hôtesse. Ici, moins il y a de barrières entre ta peau et la main du client et mieux ça vaut !

Clémentine se débarrassa du sous-vêtement et eut soudain l'impression que la température venait de monter de deux ou trois degrés d'un coup.

Uniquement à cause du regard brillant dont Sylvia enveloppait son corps pratiquement nu, s'attardant notamment sur les pointes rose pâle de ses petits seins parfaitement galbés.

Avec un vague sourire un peu trouble, la barmaid s'approcha d'elle, sans cesser de la déguster littéralement du regard. Clémentine ouvrit la bouche pour protester énergiquement, lorsque la main droite de Sylvia s'insinua soudain entre sa petite culotte et sa peau satinée, pour se mettre à lui palper doucement la croupe.

Elle se retint juste à temps : vu le genre de boulot qu'elle était venue faire ici, elle n'allait pas commencer à faire sa mijaurée…

— C'est bien, tu as un beau petit cul bien ferme, murmura doucement Sylvia en retirant sa main comme à regret. Les clients adorent ça. Fais voir ta chatte, maintenant...

Elle avait dit ça d'un ton parfaitement serein, normal, exactement comme si elle lui avait demandé de lui montrer son nouveau sac à main...

Et c'est avec le même naturel que Sylvia s'accroupit devant Clémentine, attrapa les bords de sa petite culotte de coton et la baissa jusqu'à mi-cuisse, dévoilant le fin buisson doré et triangulaire qui ombrait son ventre plat.

— Très joli, souffla Sylvia, en se redressant, le rouge aux joues. Ni trop de poils, ni trop peu. Par contre, ça serait bien que tu trouves autre choses que ta culotte en coton, quelque chose de plus sexy...

— J'avais prévu ça, dit Clémentine, en sortant de son sac un petit slip de dentelle noire, très échancré sur les hanches.

— Parfait ! affirma Sylvia. Allez, habille-toi, maintenant, pendant que je te mets au courant des mœurs de la maison. Donc, Sonia a dû t'en parler déjà, tu es là pour faire boire le client. À chaque fois qu'il t'offre une coupe, tu touches dix francs dessus, mais rien sur son verre à lui. Sauf s'il met une bouteille de champagne : là, sur les mille francs de la bouteille, il y en a cent pour toi. S'il prend une bouteille, tu as le droit de faire un « salon » avec lui, dans la salle du fond. Là, évidemment, tu lui prends ce que tu veux pour faire ce qu'il a envie de faire avec toi. Mais sache que les autres filles ne font rien à moins de mille balles. Et je te déconseille de casser les prix, si tu ne veux pas te faire mal voir...

De nouveau, du bout des doigts, Sylvia caressa distraitement la croupe ferme et rebondie, que Clémentine venait d'emprisonner à grand-peine dans son minuscule slip de dentelle noire.

— Mais je pense que telle que tu es foutue tu n'auras pas besoin de casser les tarifs pour faire du chiffre ! Bon, autre chose : si tu fais casquer deux bouteilles à un client, tu as le droit de faire une sortie avec lui, mais dans ce cas, tu ne touches plus rien sur les deux bouteilles. Et tu n'as plus le droit de revenir ici avant le lendemain.

— « Faire une sortie » ? répéta Clémentine, un sourcil relevé. Qu'est-ce que c'est que ça ?

La barmaid sourit de sa naïveté :

— Ça veut dire qu'il a rapporté assez d'argent à la maison, et que c'est à toi de l'emmener ailleurs – à l'hôtel, chez toi, chez lui, où tu veux – pour lui en soutirer le maximum à ton profit personnel !

— Et pourquoi est-il interdit de revenir ici, après une sortie ? voulut savoir Clémentine, qui finissait d'ajuster la petite robe noire à fines bretelles, dont le décolleté était rehaussé de paillettes, et le bas délicatement frangé.

— Proxénétisme, laissa tomber Sylvia.

— Pardon ?

— Les bars du genre de celui-ci sont toujours susceptibles de subir une descente de police, expliqua patiemment la barmaid, en soupesant machinalement les seins de Clémentine, sans que celle-ci songe à protester pour ce contact féminin, qu'elle n'aurait certainement pas toléré, ne serait-ce qu'une heure plus tôt. La prostitution est autorisée dans ce pays, mais pas le proxénétisme. Si tu sors d'ici avec un consommateur et qu'il te paie pour coucher avec toi, c'est ton affaire. Mais si tu reviens après, ça peut vouloir dire que ce genre de... de « prestation », disons, fait partie de ton boulot ici. Et, dans ce cas, le patron et moi, on peut tomber pour proxénétisme.

— Et ça arrive souvent? demanda Clémentine, d'une voix un peu plus tendue. Je veux dire: les descentes de flics à l'improviste?

Sylvia renversa la tête en arrière et eut un petit rire de gorge, vite éteint:

— Absolument jamais! Depuis trois ans que le patron a ouvert, on n'a encore jamais vu l'ombre d'un flic aux *Servantes*. Et pour cause, d'ailleurs...

Instinctivement, Clémentine comprit qu'elle ne devait pas demander ce que signifiait ce « et pour cause », prononcé à voix plus basse par Sylvia.

— Bon, fit celle-ci, c'est pas tout ça, mais il faut te trouver un nom de guerre: toutes les filles en ont un, ici. Tu as une idée? Quelque chose qui sonne bien, un prénom qui évoque des choses érotiques, tu vois...

Clémentine s'aperçut qu'elle n'avait pas songé une minute à cet aspect des choses. Pourtant, elle savait que c'était la coutume, dans les bars à hôtesses, de changer de prénom : sa copine Véronique Houlbec s'appelait bien Sonia, quand elle venait travailler ici...

— Qu'est-ce que vous penseriez d'Angélique? suggéra-t-elle au bout d'un moment, en repensant soudain à l'actrice Michèle Mercier, à qui elle voulait ressembler quand elle était petite, et qu'elle revoyait à la télé la énième rediffusion des *Marquise des Anges*.

— Mouais, c'est pas mal, répondit pensivement Sylvia, peut-être un peu trop commun... Et pourquoi pas Marquise, carrément ? Après tout, c'était vraiment un prénom, au départ, je crois bien, il y a deux ou trois siècles.

— Eh bien, va pour Marquise ! s'exclama Clémentine avec un entrain un peu « surjoué ».

La vérité, c'est que, maintenant qu'elle était en tenue de combat et affublée d'un nom de guerre, elle se sentait le dos au mur, les pieds au bord du précipice.

Et elle allait bien devoir se décider à faire un grand pas en avant.

Comme pour confirmer cette impression un peu paniquante, Sylvia la prit par les épaules et l'entraîna vers le bar :

— Viens, je vais te présenter aux autres filles, pendant qu'il n'y a pas encore trop de monde...

Elles pénétrèrent ensemble dans la salle plongée dans une demi-pénombre, escortées par la voix de Claude François, sortant de la chaîne installée sur une étagère à l'arrière du comptoir, chantant *Je suis le mal-aimé* : une ritournelle de circonstances pour les clients de l'endroit...

Au moment où Sylvia s'approchait des trois filles inoccupées pour leur présenter Clémentine, alias Marquise, le rideau de velours grenat s'entrouvrit, et un homme d'une quarantaine d'années apparut sur le seuil, maigre, le visage en lame de couteau, les joues mal rasées et la moustache en bataille.

— Tiens ! monsieur Antoine ! s'exclama la barmaid, avec une sorte de joie commerciale plutôt bien jouée. Ça faisait un bout de temps qu'on ne vous avait pas vu, non ? En tout cas, c'est le flair qui vous a amené ici aujourd'hui : on a justement une nouvelle hôtesse charmante qui vient d'arriver. Elle s'appelle Marquise : est-ce que vous voulez être le premier à lui offrir une coupe ? Ça va vous porter bonheur, vous allez voir !

Tandis qu'elle disait ça, Sylvia poussait Clémentine dans le dos, d'une main douce mais suffisamment ferme pour la dissuader de résister.

Le cœur battant la chamade, Clémentine s'avança vers « monsieur Antoine », qui la détaillait sans rien dire, le regard luisant et la lèvre inférieure légèrement pendante.

Comme le loup regarde l'agneau, en se demandant par quel côté il va l'attaquer.

Clémentine prit une profonde inspiration et s'avança vers son premier client, un sourire mécanique plaqué sur ses lèvres pulpeuses. En s'efforçant de se persuader qu'elle n'était plus Clémentine Souveyrac, mais Marquise ; juste Marquise.

Et qu'elle devait maintenant entrer dans l'arène.

*

* *

La pluie, qui n'avait quasiment pas cesser depuis une semaine, se remit à tomber à grosses gouttes épaisses et lentes, juste au moment où Geneviève Cocherel s'engouffrait sous les arcades de l'avenue de l'Europe, en direction de la place Georges-Pompidou. Machinalement, d'un effleurement de ses longs doigts fins, elle vérifia que son chignon blond cendré était parfaitement en place.

Tout aussi machinalement, d'un rapide mouvement de tête à droite puis à gauche, elle s'assura qu'il n'y avait personne qu'elle connaissait dans les alentours immédiats.

Ou plutôt, personne susceptible de la reconnaître. D'identifier, dans cette femme de trente-six ans à l'élégance austère, se dirigeant d'un pas pressé vers sa destination, la toute-puissante directrice des ressources humaines de la société Les Sept-voiles, l'un des quatre ou cinq plus importants constructeurs de bateaux de plaisance du monde. Dont le siège social se trouvait à deux pas de l'avenue de l'Europe, dans ce Levallois moderne et high tech, sorti de terre depuis une dizaine d'années.

Pour Geneviève Cocherel, c'était toujours la partie la plus angoissante, mais aussi la plus délicieuse, de ce qu'elle appelait en elle-même ses escapades. Celle comprise entre le moment où elle quittait le grand immeuble de la rue Anatole-France, et celui où elle s'engouffrait dans un certain escalier un peu trop sombre…

Le trajet ne lui prenait jamais plus que quelques minutes, mais, d'un point à l'autre, chaque seconde valait son pesant d'éternité.

Et surtout, chaque visage qu'elle croisait pouvait, d'un seul regard, faire basculer d'un coup toute sa vie en enfer.

C'était précisément cette sensation de marcher au

bord d'un abîme sans fond qui faisait battre le cœur de Geneviève Cocherel, accélérait le rythme de sa respiration, gonflait sa poitrine généreuse sous le corsage de soie boutonné jusqu'au cou, et faisait naître au creux de son ventre cette boule de chaleur qui ne tardait pas à irradier dans tout son corps, mince et parfaitement proportionné.

Elle ralentit le pas lorsqu'elle arriva en vue du restaurant de spécialités italiennes, *Due Amici*. L'espace d'un instant, Geneviève Cocherel eut la tentation d'y entrer, afin de dire bonjour à Luigi Parmini, le patron de l'endroit. Ensuite, il lui suffirait d'emprunter l'escalier intérieur, reliant le restaurant à l'endroit où elle allait. Mais, après un rapide coup d'œil à sa montre, elle préféra y renoncer : à trois heures moins le quart, elle pouvait très bien se retrouver nez à nez avec tel ou tel cadre de sa société, ayant quelque peu prolongé son déjeuner.

Le risque faisait partie du plaisir, mais de là à le provoquer sciemment…

Juste avant la vitrine du restaurant, Geneviève obliqua donc dans le hall de l'immeuble adjacent. Malgré elle, elle frissonna en découvrant la porte de bois sombre, qu'elle connaissait pourtant fort bien, et en lisant la plaque dorée apposée à sa gauche.

Plaque qui indiquait qu'au-delà de la porte close commençait le territoire des *Servantes d'Aphrodite*.

Geneviève Cocherel enfonça résolument le bouton de sonnette, en se mordillant la lèvre supérieure sans même s'en apercevoir. Et en guettant d'éventuels bruits de pas dans l'escalier.

Il lui était arrivé, une fois ou deux, de croiser des habitants de l'immeuble, tandis qu'elle attendait qu'on lui ouvre. La façon dont ces gens l'avaient toisée, ce qu'elle avait lu dans leurs regards l'avaient remplie à la fois de honte et d'une excitation à peine contrôlable.

Le petit guichet métallique s'ouvrit, se referma, puis la porte s'entrebâilla sur le visage précocement ridé d'Huguette, qui avait pour charge de tenir le vestiaire, mais aussi de filtrer les entrées.

Geneviève ne lui accorda qu'un sourire distrait, sans même la regarder, et s'engouffra dans l'escalier. Comme chaque fois, elle eut un certain mal à déterminer si les marches étaient ascendantes ou descendantes.

Si elle montait au supplice ou si elle descendait en enfer. Sans doute un peu les deux…

Geneviève fut accueillie en bas par Sylvia, qui la prit dans ses bras et l'embrassa sur les deux joues.

— Bonjour, Salomé ! Tu es en avance, aujourd'hui, dis donc ! Allez, va vite te changer…

Comme d'habitude, Geneviève Cocherel sentit un délicieux frisson l'envahir, en s'entendant donner son nom de guerre : Salomé.

C'était le premier pas vers la métamorphose qui allait s'accomplir, la plongeant toujours dans des vertiges de sensualité qui, parfois, réussissaient à l'effrayer par leur intensité.

Geneviève vit qu'il n'y avait encore que deux clients, et que deux des hôtesses, Sonia et Alexandra (Véronique et Sophie, dans le civil…), étaient inoccupées. Elle en conçut une certaine déception. Si toutes les filles avaient été « en main », ça aurait voulu dire que le prochain mâle esseulé poussant la porte des *Servantes d'Aphrodite* aurait été pour elle. Ce qui était, quand ça se produisait, la « cerise sur le gâteau », dans le petit jeu qu'Arnaud et elle venaient jouer ici.

Geneviève Cocherel passa dans le vestiaire. Devant la glace murale, elle se défit rapidement de son tailleur anthracite, puis de son chemisier de soie noire. Elle eut un pincement à la poitrine en voyant le reflet que lui renvoyait le miroir, légèrement piqué de rouille dans les coins.

Ses seins volumineux et blancs étaient comme offerts sur les deux balconnets de dentelle noire, tellement échancrés qu'ils laissaient les mamelons et une bonne moitié des aréoles à l'air libre.

Quant à la culotte, achetée en grand secret, deux jours plus tôt, dans une boutique du Marais, Geneviève sourit en se disant qu'Arnaud risquait d'en avaler sa pomme d'Adam, en la découvrant.

Elle était en satin noir, bordée à la taille et aux cuisses de dentelle rose. Ouverte sur le devant, presque de haut en bas, la fente, elle-même bordée de dentelle, était fermée par trois petits rubans roses...

« Un vrai attirail de pute ! songea Geneviève avec un frisson délicieux le long de la colonne vertébrale. Tu imagines la tête des salariés de ta boîte s'ils voyaient ça ? »

Mais Geneviève Cocherel savait bien qu'aucun des hommes et des femmes qui travaillaient sous ses ordres aux Sept-Voiles ne sauraient jamais quel type de sous-vêtements aimait porter la très redoutée directrice des ressources humaines de leur entreprise...

Aucun, sauf Arnaud. Arnaud de Laroche-Gaillard, le fils aîné de Gérald de Laroche-Gaillard, le P-DG de la société.

Arnaud, de dix ans plus jeune qu'elle, et son amant depuis près de quatre mois.

Arnaud qui, dans quelques minutes, allait pénétrer à son tour aux *Servantes d'Aphrodite*, dans le but de « s'envoyer une pute », comme il aimait à le dire.

Et qui, comme par hasard, allait tomber sur une certaine Salomé, hôtesse du lieu...

Le feu au ventre, Geneviève ouvrit l'armoire de droite et en sortit le vêtement qui s'y trouvait suspendu. Une robe longue en velours strech, grise à motifs argent, au décolleté profond et carré, fendue très haut sur la cuisse gauche et hypermoulante.

Lorsqu'elle l'eut revêtue, Geneviève n'avait plus que deux opérations à effectuer pour devenir pleinement Salomé.

Les deux bras levés au-dessus de sa tête, elle entreprit d'abord de dénouer son chignon sévère. Aussitôt, la masse de ses cheveux blond cendré croula sur ses épaules nues, encadrant son visage à l'ovale parfait.

Ensuite, face au miroir, Geneviève passa soigneusement une généreuse couche de rouge brillant sur ses lèvres et un peu de bleu très pâle sur ses paupières. Puis, elle se recula légèrement, pour juger de l'effet d'ensemble.

Comme les autres fois, elle fut elle-même stupéfaite de la métamorphose qui venait de s'opérer, presque à son insu.

Geneviève Cocherel, la sévère, presque austère directrice des ressources humaines avait disparu. Remplacée, dans le miroir, par une femme au corps souple, généreux, lascif ; dont les lèvres perpétuellement pincées semblaient avoir doublé de volume, et dont les yeux, d'ordinaire froids et scrutateurs, paraissaient alanguis, prêts à chavirer aux moindres sollicitations du désir.

Geneviève Cocherel s'était absentée, Salomé pouvait entrer en piste…

Après avoir remplacé ses chaussures plates par des escarpins dorés à talons aiguilles, Geneviève-Salomé poussa la porte du vestiaire et, d'une démarche lente et exagérément chaloupée, se dirigea vers le bar, sous l'œil approbateur de Sylvia, occupée à rincer deux ou trois verres à bière.

— Félicitations, ma chérie, murmura la barmaid en battant des cils deux ou trois fois, tu es particulièrement en beauté cet après-midi. Tu n'auras aucun mal à te faire deux ou trois salons d'ici ce soir, crois-moi ! Surtout si tu sais te montrer bien cochonne…

Geneviève frissonna de plaisir et sentit son ventre s'embraser d'une brusque chaleur, tandis qu'elle se juchait sur l'un des tabouret de bar.

Elle adorait quand Sylvia lui parlait comme ça, faisant des allusions directes à ce qui se passait dans la pièce voisine, dans le « salon », entre les clients et les hôtesses.

— Qu'est-ce que je te sers, ma chérie ? demanda Sylvia, en effleurant le bras nu de Geneviève. Une petite coupe, pour passer le temps agréablement ?

— Pourquoi pas ? répondit Geneviève, d'une voix indifférente. On dirait que c'est plutôt calme, aujourd'hui. J'espère que je ne vais pas faire tapisserie...

Elle eut un léger sourire, vite effacé. Elle savait pertinemment qu'elle ne ferait pas « tapisserie », mais ça faisait partie du jeu, du plaisir affolant et délicieux de l'attente.

Elle ne put s'empêcher de sursauter légèrement, en entendant retentir la sonnette aigrelette de la porte, en haut de l'escalier.

Un client arrivait.

Arnaud, comme prévu, ou... Ou un autre ? Un homme étranger, qui, peut-être...

Ça ne lui était arrivé qu'une seule fois, jusqu'à présent. Qu'un client jette son dévolu sur elle, alors qu'Arnaud n'était pas encore arrivé. Un type d'une bonne quarantaine d'années, le crâne dégarni, les traits épais, la bedaine en avant.

Malgré le léger dégoût que l'homme lui inspirait, Geneviève s'était pliée aux règles du jeu, soigneusement établies entre Arnaud et elle.

Elle avait fait la conversation au client, s'était montrée très chatte, aguicheuse, provocante. Elle avait laissé le type promener ses gros doigts sur ses cuisses nues, jusqu'à la lisière de sa petite culotte, l'avait même encouragé à glisser sa main dans son décolleté, pour vérifier qu'elle ne portait pas de soutien-gorge ce jour-là.

Quand le client lui avait proposé de commander une bouteille de champagne et d'aller la boire au salon, Geneviève, en pensant à ce qui l'attendait, avait failli refuser. D'autant plus que, dans l'intervalle, Arnaud était arrivé, s'était installé juste en face d'eux, afin de ne rien perdre du spectacle.

Mais, finalement, son goût du danger, de la provocation avait été le plus fort. Geneviève s'était levée, docile, et avait suivi son client au salon.

Plus de deux mois plus tard, il lui semblait avoir encore, dans la bouche, le goût du membre dur de ce type, dont elle avait par contre complètement oublié le visage...

Le rideau de velours s'écarta, et Geneviève fut presque déçue de voir apparaître Arnaud de Laroche-Gaillard : l'idée de devoir, une nouvelle fois, se comporter comme une « petite putain » (ainsi qu'il le disait lui-même) devant son amant n'aurait pas été pour lui déplaire, finalement...

Arnaud se comportait exactement comme s'il n'avait pas remarqué sa maîtresse – ou plutôt : Salomé. Il embrassa au coin des lèvres Sonia et Alexandra, jeta un rapide coup d'œil inquisiteur aux deux filles qui étaient « en main », avant de se diriger vers le bout du comptoir, où Sylvia l'attendait en souriant.

En le voyant passer à sa hauteur, Geneviève ne put s'empêcher de se dire qu'elle avait vraiment de la chance d'avoir trouvé un amant aussi jeune et aussi beau. Quand il était entré dans son bureau, quatre mois plus tôt, envoyé en stage de formation à la DRH par son P-DG de papa, Geneviève avait été très agréablement frappée par sa ressemblance avec feu John Kennedy junior, dit John-John, le fils du président assassiné, disparu en mer avec sa femme, aux commandes de son avion privé. Même visage aux traits réguliers, presque trop, même corps souple de sportif, même décontraction dans l'élégance.

Le soir-même de ce premier entretien, ils faisaient l'amour ensemble pour la première fois. Tout à fait « normalement », pour ce galop d'essai. Ce n'est que quelques semaines plus tard que, sous l'impulsion de Geneviève elle-même, dont le danger et le risque fouettaient les sens et l'imagination, ils avaient commencé à pimenter leur vie érotique.

— Bonjour Arnaud, l'accueillit Sylvia, en nouant ses bras derrière la nuque du nouvel arrivant, tandis qu'il l'embrassait dans le cou. C'est gentil d'être venu nous rendre une petite visite. Envie de vous détendre un peu ?

— Pourquoi pas ? répondit Arnaud, d'une voix encore un peu juvénile pour ses vingt-cinq ans révolus. Mais certainement pas tout seul, en tout cas !

La barmaid, qui connaissait bien son rôle, désigna Geneviève d'un mouvement du menton :

— Pourquoi est-ce que vous n'offrez pas une coupe à notre belle Salomé ? Je suis sûre que vous vous entendrez très bien avec elle.

Sylvia baissa volontairement la voix, et ajouta d'un air entendu :

— Et puis, vous feriez une bonne action : elle a vraiment besoin de travailler, en ce moment, la pauvre...

D'entendre parler d'elle sur ce ton de pitié un peu

condescendante mit le feu aux joues de Geneviève, et, instinctivement, elle serra ses cuisses l'une contre l'autre, tandis que sa main jouait négligemment avec sa coupe de champagne vide.

— Eh bien, mettez-nous une bouteille, ma chère, ordonna Arnaud d'une voix désinvolte, en se dirigeant vers le tabouret où Geneviève était assise, jambes croisées, la fente de sa robe dévoilant sa cuisse gauche pratiquement jusqu'à l'aine. Alors, comme ça, tu t'appelles Salomé ? C'est joli. Aussi joli que toi, apparemment…

Geneviève eut un petit sursaut lorsque les doigts d'Arnaud se faufilèrent tranquillement entre les pans de sa robe, remontant jusqu'à la petite culotte de satin.

Aussitôt, elle sentit son ventre s'embraser, autant à cause de la main masculine qui la massait doucement à travers le fin tissu soyeux, qu'à cause des regards des autres personnes présentes, qu'elle croyait sentir peser sur elle.

Arnaud désigna d'un hochement de tête la bouteille de champagne que Sylvia venait de déposer devant eux :

— Et si on allait la boire tranquillement derrière ? Juste toi et moi…

— Pourquoi pas, ça pourrait être très sympa, répondit Geneviève, d'une voix légèrement voilée. Vous… Vous me donnerez mon petit cadeau ?

— Ne t'inquiète pas pour ça, répondit Arnaud d'un ton protecteur, en accentuant la pression de ses doigts entre les cuisses de Geneviève. Tu suces bien, j'espère ?

La pseudo Salomé sentit le rouge de la honte empourprer ses joues et son front. Il avait dit ça d'une voix parfaitement calme, sans baisser le ton, ce qui fait que Sylvia, juste de l'autre côté du bar, ne pouvait pas ne pas avoir entendu la question dans toute sa crudité.

— Oui, je... je crois... bafouilla-t-elle, l'estomac serré par une délicieuse appréhension.

— Eh bien, dans ce cas, allons-y ! proféra joyeusement Arnaud, en retirant sa main de sous la robe.

Au moment où Geneviève descendait de son tabouret, elle vit disparaître dans le salon l'une des deux filles qui étaient déjà en main à son arrivée, suivie de son client.

Elle en ressentit des picotements affolants dans tout le bas de son corps : tous les deux, aussi bien Arnaud qu'elle, trouvaient « ça » encore plus excitant, quand ils n'étaient pas seuls au salon, quand une autre hôtesse et son client y œuvraient en même temps qu'eux.

Ils s'installèrent côte à côte sur la banquette du fond, à deux tables seulement de l'autre couple qui les avait précédés au salon.

Ici, parce que seulement deux appliques murales sur huit étaient allumées, la pénombre était plus épaisse, au point que, à plus d'un mètre de distance, il devenait presque impossible de distinguer les traits des gens qui vous entouraient. Ce qui était évidemment fait exprès.

Les sons étaient plus assourdis aussi, et l'atmosphère plus chaude, presque étouffante, comme dans une serre équatoriale.

Avec un sens du *timing* particulier, Arnaud attendit que Sylvia soit arrivée, avec la bouteille et leurs deux coupes, pour ordonner à Geneviève :

— Mets-toi debout, tu veux ? Et relève ta robe : je voudrais voir ton cul et ta chatte, ma chérie.

Les yeux exorbités, la bouche entrouverte, et le souffle presque coupé de honte, Geneviève se leva aussitôt, un peu trop brusquement. En évitant de regarder la barmaid, elle releva sa robe et la roula autour de ses reins. Arnaud émit un petit sifflement admiratif en découvrant la petite culotte de dentelle noire et rose, entièrement fendue devant :

— Eh bien, ma chère Salomé : voilà des dessous de cochonne ou je ne m'y connais pas !

De ses doigts fins, il entreprit de dénouer les minces rubans qui maintenaient le slip fermé. Quand il eut défait le dernier, le léger bout de tissu tomba à terre, dans une espèce de souffle de satin.

— Vous aviez raison, Sylvia, murmura Arnaud, les yeux braqués sur le buisson doré qui ombrait le ventre palpitant de Geneviève, à quelques centimètres de son visage. Cette petite Salomé est tout à fait à mon goût. Et je parierais volontiers qu'elle serait aussi au vôtre, le cas échéant ! D'ailleurs, si le cœur vous en dit…

— Je ne mélange jamais le plaisir et le travail, répondit la barmaid, avec une nuance de regret dans la voix, en caressant d'un revers de main distrait les fesses cambrées de Geneviève, qui frissonna violemment à ce contact. D'ailleurs, je vous laisse, amusez-vous bien…

Dès que Sylvia eut tourné les talons, Arnaud se

dégrafa posément et sortit de son pantalon de lin gris un sexe de belle taille, déjà en pleine érection, qu'il tendit en direction de sa partenaire :

— Et maintenant, ma belle, il va s'agir de le mériter, ton petit cadeau ! Branle-moi un peu, pour commencer, tu veux ?

La respiration haletante, le feu aux tempes, Geneviève s'assit juste à côté d'Arnaud, sur l'extrême bord de la banquette, les jambes bien écartées, son ventre nu en avant, dans une pose dont l'obscénité faillit déclencher son plaisir séance tenante.

Elle ne put retenir un gémissement de désir lorsque ses doigts fébriles se refermèrent autour de la virilité fière et dure, qu'elle sentit palpiter contre sa paume brûlante. En même temps, les doigts de son « client » prirent sans ménagement possession de son ventre, onctueux comme du miel et chaud comme l'enfer.

— Regarde ! souffla Arnaud, en tendant instinctivement le ventre pour s'offrir plus complètement à l'affolante caresse de Geneviève. Il n'a pas l'air de s'ennuyer non plus, notre voisin !

Machinalement, Geneviève tourna la tête vers la gauche. Dans la pénombre, elle distingua la silhouette maigre de l'homme, avachi sur la banquette de velours rouge, pantalon aux chevilles, cuisses écartées. Et, juste au-dessus de lui, la tête de l'hôtesse qui allait et venait sur un rythme quasi métronomique, engloutissant entre ses lèvres complaisante le sexe raide de son client.

Au même moment, comme par une sorte de transmission de pensées, l'homme tourna la tête dans leur direction. Bien qu'elle ne puisse pas distinguer son visage, l'excitation de Geneviève monta de plusieurs crans, à la simple idée que cet inconnu était en train de la regarder caresser la verge de ce qu'il pensait être son client.

Et surtout qu'il pouvait voir ses cuisses écartelées, se repaître du spectacle torride de son ventre offert, pénétré profondément par les doigts experts d'Arnaud.

— On ne voit pas grand-chose ici, n'est-ce pas ? claironna soudain Arnaud, à l'adresse de la table voisine. C'est bien dommage, je trouve : avec un peu plus de lumière, vous et moi pourrions comparer le savoir-faire de nos femmes respectives, qu'est-ce que vous en pensez ?

— Oui, ça pourrait être intéressant, répondit l'homme à peine visible, d'une voix métallique, rendue légèrement haletante par le traitement que sa partenaire faisait « subir » à sa virilité.

— Eh bien ! soit ! fit Arnaud. Il n'y a qu'à demander de la lumière !

En l'entendant dire ça, Geneviève sentit brusquement une boule d'angoisse se former au creux de sa poitrine. Quelque chose comme un mauvais pressentiment. La sensation qu'ils étaient en train de franchir une ligne jaune en haut de côte et que, d'une seconde à l'autre, allait surgir l'énorme bétaillère contre laquelle ils allaient s'écraser.

— Non, ne fais pas ça, s'il te plaît ! murmura-t-elle, en tentant de se soustraire à la caresse profonde et impérieuse des doigts de son amant.

— Mais si, au contraire ! répondit Arnaud, d'un ton tranquille. Ça sera beaucoup plus excitant... y compris pour toi, ma chérie. Sylvia ! Lumière *please* !

Geneviève voulut émettre une nouvelle protestation, plus énergique. Trop tard : actionnées par Sylvia depuis son comptoir, les six appliques murales encore éteintes venaient de s'allumer toutes en même temps, illuminant chaque recoin du salon.

Surprise par ce brusque éclairage, la fille occupée à sucer le client de la table voisine releva la tête et se tourna vers eux. Geneviève nota machinalement que c'était la première fois qu'elle la voyait aux *Servantes d'Aphrodite*. Sans doute une nouvelle recrue.

Puis, elle fronça les sourcils, en voyant la tête que faisait la fille, qui, à présent, les dévisageait tous les deux, Arnaud et elle, comme des bêtes curieuses. Ou des extraterrestres.

Geneviève allait se désintéresser d'elle, et exiger d'Arnaud qui fasse rééteindre les lumières, lorsque l'autre hôtesse fit entendre le son de sa voix. Et les mots qui sortirent de sa bouche firent à Geneviève l'effet d'une douche glacée :

— Madame Cocherel ? C'est vous ? Ici ? Ça alors ! Je le crois pas ! Mme Cocherel et M. de Laroche-Gaillard en train de baiser ensemble dans un bar à putes ! Alors là, quand je vais raconter ça à mes ex-collègues des Sept-Voiles, j'en connais qui vont bien se marrer, tiens !

Le sang battant à ses tempes avec la violence d'un tambour funèbre, Geneviève Cocherel rabattit brusquement sa robe sur ses cuisses et se redressa brusquement.

Tandis qu'Arnaud, le teint devenu grisâtre, se recroquevillait dans le coin opposé de la banquette, en essayant maladroitement de se reboutonner, elle s'avança vers la table voisine, visage fermé, lèvres pincées, regard froid et perçant, dominant l'autre hôtesse de toute sa taille.

En une fraction de seconde, face à cette situation imprévue, elle avait cessé d'être Salomé pour redevenir Geneviève Cocherel.

— De quel droit vous adressez-vous à moi sur ce ton, mademoiselle ? siffla-t-elle, d'un ton profondément méprisant. Et d'abord, qui êtes-vous, au juste ?

La fille blonde leva les yeux vers elle, un petit sourire ironique sur les lèvres, visiblement pas impressionnée pour deux sous :

— Qui je suis ? Vous osez me demander ça, madame Cocherel ? Vous ne me reconnaissez donc pas ? Je m'appelle Clémentine Souveyrac. Jusqu'à il y a un an et demi, j'étais salariée de la société Les Sept-Voiles. Vous connaissez Les Sept-Voiles, madame Cocherel, non ? Je travaillais même directement sous vos ordres, puisque j'étais une des six filles qui s'occupaient de l'établissement des feuilles de paie. Et puis, à l'occasion d'un plan de restructuration, comme on dit, vous avez décrété que quatre filles seraient bien suffisantes pour faire le boulot. Et vous en avez donc flanqué deux à la porte, dont moi ! En clair, si je me retrouve ici à faire ce... ce travail, c'est en grande partie grâce à vous, madame Cocherel ! Voilà pourquoi je trouve amusant de découvrir que vous le faites aussi... à vos moments perdus. À moins que vous aussi, vous n'ayez fait partie d'un plan de restructuration, évidemment !

Geneviève transperça Clémentine d'un regard si glacial, que la jeune femme ne put s'empêcher de frissonner d'appréhension. Comme si « madame Cocherel » était encore sa toute-puissante patronne.

— Je me fiche de savoir qui vous êtes et par quel hasard vous vous êtes retrouvée ici, articula Geneviève d'un ton tranchant. Mais ce que je peux vous dire, c'est que si vous parlez de tout ça à qui que ce soit, je dis bien : à qui que ce soit, vous allez au devant des pires ennuis. Et croyez bien que ce ne sont pas des paroles en l'air ! Réfléchissez-y soigneusement avant d'ouvrir la bouche, mademoiselle Souveyrac !

Geneviève lui tourna le dos, fit un signe de tête sec en direction d'Arnaud, qui la suivit précipitamment en direction du vestiaire, puis, dès qu'elle se fut changée, vers l'escalier de sortie.

Une fois à l'air libre, sous la petite pluie fine et glaciale qui noyait l'avenue de l'Europe et dessinait de longues traînées grisâtres le long des immeubles ocre pâle, Geneviève sentit sa tension retomber d'un coup, et ses épaules s'affaissèrent légèrement.

— Qu'est-ce qu'on va faire, bordel ? gémit Arnaud dans son dos, d'un ton presque geignard. Si cette fille raconte qu'elle nous a vus, ma carrière et ma vie sont foutues !

Geneviève se retourna vers lui, un sourire méprisant sur ses lèvres minces :

— Ma carrière ! Ma vie ! Arrête donc de ne penser toujours qu'à toi ! Il me semble que j'ai beaucoup plus à perdre que toi, si elle parle !

— Je ne vois pas pourquoi ! grommela le fils Laroche-Gaillard d'un ton boudeur.

— Parce qu'un jeune homme qui va se détendre avec des filles peu farouches, c'est admis par tout le monde. Alors qu'une directrice des ressources humaines qui joue à la pute, ça c'est le naufrage assuré et définitif, voilà pourquoi !

Geneviève se mordit la lèvre inférieure et prit une profonde inspiration. Elle devait retrouver son calme, ça ne servait à rien, en plus, de se mettre Arnaud à dos.

D'autant qu'elle se rendait bien compte qu'il avait raison, sur le fond : c'était une vraie tuile qui venait de leur arriver. Une tuile en forme d'épée de Damoclès suspendue au-dessus de leurs deux têtes.

Et le seul moyen d'écarter ce danger, Geneviève Cocherel le distinguait clairement. Il fallait empêcher cette Clémentine Souveyrac de raconter qu'elle les avait vus aux *Servantes d'Aphrodite*.

De l'en empêcher de la façon la plus efficace et la plus rapide qui soit.

CHAPITRE II

Sylvia Tournières sursauta légèrement, en sentant une main se poser doucement sur ses fesses rebondies et les caresser de haut en bas.

Elle tourna la tête, l'air furieux, mais son visage régulier s'adoucit aussitôt, et un sourire étira ses lèvres pleines, un peu trop fardées.

— Ah ! c'est toi ! murmura-t-elle en reconnaissant la silhouette massive, le cou de taureau et le visage sanguin de Luigi Parmini, le propriétaire des *Servantes d'Aphrodite*, ainsi que du restaurant de spécialités italiennes situé juste au-dessus, au rez-de-chaussée. Je ne t'avais pas entendu descendre. Ça y est ? Tu as fermé le restau ?

— Mouais ! Pas trop tôt ! grogna le quinquagénaire aux cheveux très noirs, aux sourcils broussailleux et aux joues bleuies par une barbe drue qui commençait déjà à repousser, malgré les deux rasages quotidiens qu'il s'infligeait, un avant chaque service. J'ai cru que la dernière table ne partirait jamais. Enfin, nous voilà tranquilles : il ne reste plus qu'à fermer ici ; apparemment ça ne devrait pas trop traîner, non ? J'ai l'impression que la soirée a été plutôt calme…

Sylvia haussa les épaules, tout en se prêtant complaisamment aux attouchements de plus en plus précis de son patron, dont les doigts, mine de rien, s'étaient insinués sous sa jupe courte, afin de caresser ses cuisses à même la peau satinée et dorée.

— Une dizaine de clients, quand même, répondit-elle, en désignant d'un mouvement vague du menton la salle pratiquement déserte maintenant. Trois des filles sont « en sortie », et il ne reste plus que Sonia et Alexandra qui, pour pas changer, ne pensent qu'à discuter entre elles à la table du fond, là-bas. De toute façon, il est quasiment deux heures : on n'aura plus personne à cette heure-ci...

— Dites donc, fit soudain, au bout du bar, une voix masculine marquée d'un assez fort accent germanique, ça ne vous gêne pas de peloter ma femme juste devant moi ? Vous êtes vraiment un porc !

— Oh ! Bernhard, s'il te plaît, tu ne va pas recommencer ! soupira Sylvia, en se tournant vers le grand type mince, à demi dissimulé dans la pénombre, au bout du comptoir.

Luigi Parmini se détacha de Sylvia, sortit pesamment de derrière le bar, et marcha droit vers l'intervenant, une moue de mépris sur ses lèvres lourdes et un peu molles :

— Dis donc, le Chleuh, tu crois pas que tu pousses un peu, non ? Ta femme, tu dis ? Mais pour qu'un homme puisse dire d'une femme qu'elle est la sienne, encore faut-il qu'il soit capable de la nourrir et de l'entretenir correctement, tu ne crois pas ? Et, dans ton cas, j'ai plutôt l'impression que c'est l'inverse qui se passe ! Et puis d'ailleurs, regarde dans quel état tu es, pauvre cloche ! Tu en es à combien de bières, là ? Des bières bues sur mon compte, en plus ! Dis-toi bien que si tu peux passer tes après-midis et tes soirées bien au chaud ici, à siroter à l'œil, c'est uniquement parce que j'ai pitié du parasite alcoolo que tu es ! Et aussi parce que, pour une raison que je m'explique mal, Sylvia continue de tenir encore un petit peu à ta carcasse de merde !

— Luigi, je t'en prie... implora la barmaid d'une voix profondément fatiguée.

Mais Luigi Parmini était lancé sur l'un de ses sujets de prédilection, et il n'était pas décidé à s'arrêter avant de s'être complètement « purgé », comme il disait lui-même. Il désigna le tee-shirt gris à grosses mailles et le ceinturon à tête d'aigle de son vis-à-vis :

— En plus, tu as vu comme tu es fringué, espèce de guignol ? Tu vas finir par faire fuir le client, avec un accoutrement aussi grotesque ! Je me demande si je ne ferais pas mieux de t'interdire de remettre les pieds ici, tiens !

— De toute façon, gronda Bernhard, d'une voix que la haine faisait vibrer, je n'en ai plus pour longtemps à venir me faire chier ici...

— Tant mieux ! s'exclama Luigi, en lui tournant le dos pour revenir vers Sylvia et l'enlacer par la taille, avec un petit sourire de défi. Au moins, on sera tranquille, ta femme et moi !

La provocation était si grossière que Bernhard ouvrit la bouche pour répliquer. Finalement, il préféra ne rien dire, et replongea le nez dans son verre de bière presque vide.

Contrairement à ce que le mot « chleuh » employé par Luigi Parmini pouvait laisser supposer, Bernhard Hochwald n'était pas allemand mais autrichien.

Mais, pour tout le reste, il était bien obligé de reconnaître que le patron des lieux n'avait pas tout à fait tort, en ce qui le concernait.

À trente-six ans, Bernhard savait que sa période faste était derrière lui. Celle où il « faisait » la couverture des magazines de mode masculins, et où il défilait sur les podiums pour les meilleurs couturiers.

Il savait aussi que, s'il n'était pas tombé un peu trop profond dans l'alcool et la coke, il y serait peut-être encore, sur les podiums.

Mais le métier de mannequin était impitoyable. Et, dès que la vie de « patachon » qu'il menait avait commencé à se voir sur son visage et dans ses yeux, il n'avait plus décroché le moindre contrat, quasiment du jour au lendemain, à part quelques rares pubs, minables et mal payées.

Et c'est à ce moment-là, trois ans plus tôt, qu'il avait rencontré Sylvia Tournières, qui était aussitôt tombée amoureuse de lui.

Quand il y repensait, comme ce soir, Bernhard ne pouvait pas s'empêcher de trouver ses propres réactions un peu bizarres. À l'époque, Sylvia travaillait comme hôtesse, dans un bar de la rue de Washington, derrière les Champs-Elysées. Et il n'en avait jamais ressenti le moindre pincement de jalousie.

À ses yeux, les hommes pour qui elle avait des

gentillesses tarifées entre dix heures du soir et six heures du matin, c'était le boulot, un point c'est tout. Lui, il avait le sentiment de se situer dans une autre partie de la vie de Sylvia, totalement étanche de la première.

Du coup, ça ne lui posait pas de problèmes non plus de vivre à ses crochets, profitant largement de l'argent liquide qu'elle rapportait à la maison, après chaque « sortie » effectuée en compagnie d'un client.

Bernhard termina sa bière en deux gorgées, et fit signe à « sa » femme de lui en donner une autre, profitant de ce que Luigi Parmini avait le dos tourné.

Tout s'était déglingué quand, justement, Sylvia avait été recrutée par Parmini pour s'occuper de son nouvel établissement, *Les Servantes d'Aphrodite*. Il n'avait pas fallu à Bernhard plus de trois ou quatre semaines pour réaliser qu'il se passait « quelque chose » entre elle et son nouveau patron.

Et pour en ressentir une jalousie féroce, irrépressible, envahissante.

Rapidement, comme il n'avait rien d'autre à faire, il avait alors pris l'habitude de venir passer de plus en plus de temps aux *Servantes*, histoire de surveiller sa maîtresse.

Et, presque aussi rapidement, Luigi Parmini avait imaginé de se servir de lui comme d'un domestique à tout faire (rentrer les caisses de bouteilles d'alcool, sortir les poubelles...), et aussi comme d'un souffre-douleur pratique et toujours disponible pour passer ses nerfs dessus.

Mais maintenant, Bernhard en avait assez. Et il avait décidé d'arracher Sylvia à cet endroit maudit, à tout prix. Même si, pour elle, cela signifiait reprendre son boulot d'hôtesse. Et même si lui, Bernhard, allait se retrouver contraint de travailler.

Tout, plutôt que de continuer à voir ce salopard de Parmini poser ses grosses pattes velues sur les fesses de « sa » barmaid…

— À propos, fit soudain Luigi Parmini à Sylvia, sans cesser de compter l'argent qui se trouvait en caisse, tu ne devais pas avoir une nouvelle fille, aujourd'hui ?

— Mais si, elle est venue, répondit la blonde, occupée à rincer les deux gros cendriers de comptoir. Elle a fait deux salons, d'ailleurs. Elle n'a pas l'air de trop mal se débrouiller…

— Et elle est déjà partie ? insista Parmini, le regard brillant d'une petite lueur trouble.

— Non, elle doit être quelque part par là, fit Sylvia, en désignant vaguement le fond de la salle, où les deux hôtesses, Sonia et Alexandra, étaient toujours en grande discussion, faute de clients à faire boire.

Elle s'arrêta brusquement d'essuyer son cendrier estampillé Johnny Walker.

— C'est curieux, maintenant que tu m'en parles, je me dis que ça fait un petit bout de temps que je ne l'ai pas vue, murmura-t-elle, les yeux dans le vague. Elle a dû repartir sans que je m'en aperçoive… C'est bizarre quand même qu'elle ne m'ait pas réclamé son fric…

— Te frappe pas, c'est sans importance, je la verrai demain et c'est tout, fit Luigi, d'une voix quand même un peu déçue.

C'était son petit plaisir « professionnel » à lui, ça : tester les nouvelles recrues. Ce qui, en pratique, signifiait les peloter sous toutes les coutures, se repaître de leur corps nu, et finir par se faire administrer une fellation. Il n'allait jamais plus loin avec elle, par une sorte de respect superstitieux pour Sylvia, qu'il considérait comme sa maîtresse en titre.

— Si je les baisais, lui avait-il expliqué une fois, sans la moindre précaution oratoire, tu pourrais me faire des reproches. Mais une petite pipe, ce n'est pas tromper !

Sylvia, mi-figue mi-raisin, avait bien dû accepter cette morale toute particulière…

Au fond de la salle, Sonia et Alexandra se levèrent en même temps, et se dirigèrent vers le bar, où Sonia s'adressa directement à la barmaid :

— On va y aller, non ? Il ne viendra plus personne maintenant, je suppose…

Sylvia s'empara du bloc-note à spirales où elle inscrivait toutes les consommations que les filles s'étaient fait payer par les différents clients de la journée.

— Sonia, tu as sept coupes, plus une bouteille en salle, lut-elle. Sept fois dix, plus cent, je te dois cent soixante-dix francs.

— Putain, c'est pas lourd ! soupira la petite brune. C'est pas encore avec ça que je vais payer mon mois de loyer de retard, moi !

— Tu n'avais qu'à te débrouiller pour faire un salon ou une sortie, lui asséna Luigi Parmini d'une voix bourrue. C'est pas un bureau de charité, ici : c'est un bar ! Mais tant que tu préféreras papoter avec ta copine au lieu de te donner à fond avec les clients, faudra pas t'étonner de rester dans la merde, ma fille !

— À propos de copine, fit soudain Sonia, en regardant autour d'elle, elle est passée où, Clémentine ? Enfin, je veux dire : Marquise... On avait prévu de rentrer ensemble, vu qu'on habite le même immeuble, à la Bastoche...

— C'est justement la question qu'on se posait, figure-toi, fit Parmini, avec un léger haussement de ses épaules massives. À mon avis, elle t'a faussé compagnie et elle est partie sans toi, ta copine Clémentine !

— Ben, tant pis ! conclut Sonia avec une moue fataliste, tout en empochant les cent soixante-dix francs que lui tendait Sylvia par-dessus le comptoir. Je me change et je rentre me coucher...

Elle se dirigeait déjà vers la porte du vestiaire, quand Luigi l'arrêta d'un geste :

— Tiens, avant, tu ne veux pas me rendre un petit service ?

— Ça dépend... répondit Sonia d'un ton un peu méfiant, les sourcils froncés.

— Ça va ! je ne vais pas te demander la lune, ce n'est pas la peine de tirer une tronche pareille ! ronchonna son patron. J'ai juste un petit creux et j'aimerais bien que tu ailles me chercher le restant de salami qui est au frigo. Il doit y avoir du pain aussi, à côté, sur le monte-charge... Sylvia, donne-lui ta clé, tu veux ?

— Tu pourrais y aller toi-même, gros fainéant ! ronchonna à mi-voix Sonia, en se dirigeant vers la porte située à droite du vestiaire.

Ce qu'on appelait ici « le frigo », c'était la chambre froide, située au-delà des toilettes, et près de l'escalier qui reliait directement le bar au restaurant situé au-dessus.

C'est là que Francesco, le cuisinier, entreposait ses réserves périssables pour le lendemain. Elle était séparée des toilettes, auxquelles tout le monde avait accès, par une porte fermée à double tour, dont seuls Sylvia Tournières et Luigi Parmini possédaient une clé.

À travers le corridor un peu sombre, Sonia se dirigea vers la grande armoire de bois sombre, munie de deux portes parallèles, chacune agrémentée d'une grosse poignée métallique s'ouvrant et se fermant par un système de levier qu'on actionnait de bas en haut.

En même temps, elle se demandait comment Clémentine pouvait être partie avant elle, et surtout sans même l'en avertir. Ça ne lui ressemblait pas beaucoup. Si c'était comme ça qu'elle la remerciait de l'avoir présentée à Sylvia pour la faire bosser aux *Servantes*...

À moins que Clémentine ait eu l'occasion de faire une sortie, à un moment où elle, Sonia, se trouvait en salon...

D'un geste machinal, elle releva la poignée de la porte de droite et l'ouvrit en grand.

Dans la même seconde, elle ressentit au visage une brusque sensation de froid sec, en raison de l'air frigorifié s'échappant en légères volutes visibles de la chambre, et une impression de brûlure intolérable.

À cause de la vision de cauchemar qui venait de s'imprégner sur ses rétines.

Sonia ouvrit la bouche pour hurler, mais aucun son ne sortit de sa gorge.

Comme les fameux trous noirs de l'espace, trop denses pour laisser échapper ne serait-ce qu'un rayon de lumière, l'horreur qui avait pétrifié Sonia était elle aussi trop dense pour laisser sortir le moindre son, le plus faible cri.

Elle n'avait plus besoin de se demander où pouvait bien être passée sa copine Clémentine.

Pour la bonne raison qu'elle était là, juste en face d'elle, entièrement nue, coincée debout entre des cageots de poivrons et un demi-mouton suspendu par la nuque à un crochet d'acier.

Le froid avait fait ressortir les tétons de sa poitrine et les avait recouverts d'une fine pellicule de givre blanc.

Le même givre presque brillant, scintillant, qui s'accrochait aux poils dorés de sa toison intime, tranchant avec la pâleur blême de sa chair bleuissante.

Mais le plus impressionnant, c'était l'espèce de cri figé et muet qui semblait vouloir s'échapper de ses lèvres distendues, elles aussi bleuies par le froid sec de la chambre frigorifique.

Un cri qui n'était jamais sorti et qui, probablement, aurait exprimé la même épouvante que celle que l'on devinait dans ses yeux écarquillés.

Que l'on devinait seulement, parce que le visage figé par le froid de Clémentine, était resté recouvert par le sac de plastique translucide dont son assassin s'était servi pour l'étouffer.

CHAPITRE III

Le commandant de police Boris Corentin, l'élément de choc, l'as des as de la célèbre Brigade Mondaine, était en train de courir à perdre haleine.

Il courait sur une plage immense et déserte, bordée par une mer bleu-vert, vraisemblablement située quelque part sous les Tropiques, à en juger par la chaleur ambiante, le ciel d'un blanc laiteux, et les cocotiers qui bordaient l'étendue de sable très clair.

Il courait, sans vraiment savoir lui-même où il allait, et entièrement nu.

Le plus étrange, c'est qu'il arborait, malgré son allure, une splendide et impressionnante érection, détail qui lui paraissait aller de soi.

Enfin, après une course étonnamment rapide et brève, il parvint tout au bout de l'immense étendue plane, et se retrouva face à un petit groupe de rochers gris, que l'humidité des embruns faisait scintiller doucement sous le soleil.

Boris Corentin remarqua que l'un d'eux, plus grand que les autres, présentait des courbes sinueuses et douces, des pleins et des déliés qui le faisaient curieusement ressembler au corps d'une belle endormie.

des Hauts-de-Seine ont jugé bon de faire appel à la Brigade Mondaine ?

Charlie Badolini eut un petit sourire un peu crispé :

— Ce ne sont pas eux qui ont pris l'initiative, figurez-vous ! Après un coup de fil du ministère, « on » m'a personnellement demandé de traiter cette affaire. Et d'y aller le plus diplomatiquement possible, en plus.

— Il a des protecteurs aussi puissants que ça, le patron des *Servantes d'Aphrodite* ? s'étonna Aimé Brichot.

— Il faut croire ! grimaça Charlie Badolini. La preuve, c'est que malgré le meurtre qui y a été commis hier soir, « on » nous demande de ne pas fermer l'établissement, à moins d'absolue nécessité.

— Et, bien évidemment, on ignore complètement l'identité du généreux protecteur en question, fit Brichot, légèrement écœuré par l'odeur de magouille politicarde qu'il flairait là-dessous.

— Bien évidemment ! répondit le commissaire divisionnaire sur le même ton.

Aimé Brichot se leva, rajusta ses lunettes sur son nez, et dit d'un ton morne :

— Eh bien ! au moins, si cet honorable établissement est resté ouvert, ça me permettra d'y entrer plus facilement... ce que je compte faire immédiatement, si vous n'avez plus besoin de moi, monsieur le divisionnaire !

Vingt minutes plus tard, au volant de sa Renault Laguna de service, Aimé Brichot pestait contre l'embouteillage qui l'empêchait de franchir la porte de Courcelles, afin de s'engager dans la rue du Président-Wilson, qui traversait Levallois-Perret de part en part, du Périphérique jusqu'à la Seine.

Et pour ne rien arranger, il pleuvait toujours. Une grosse pluie bien froide, bien pénétrante. Qui détrempait les façades et diluait le paysage urbain, répandant aussi dans l'air une vague odeur de moisi, qui s'infiltrait jusque dans l'habitacle de sa voiture.

Un œil sur la route et l'autre sur le plan posé sur le siège passager, Aimé Brichot remonta la rue jusqu'à la rue Baudin, qu'il emprunta sur la gauche.

À peine le virage pris, le décor changea brusquement. Finis les commerces « de proximité », les immeubles anciens en pierre de taille, les petits garages encore artisanaux.

Il venait d'entrer dans le « nouveau Levallois » : une succession de constructions flambant neuves, des bureaux pour la plupart, aux volumes géométriques et aux façades lisses et rutilantes de fenêtres en vitres-miroirs qui renvoyaient la lumière blafarde du jour vers l'extérieur ; elles alternaient avec quelques immeubles d'habitation un peu plus anciens – une dizaine d'années tout au plus –, dont les murs accusaient pourtant déjà une vétusté prématurée.

À leurs pieds, sur les trottoirs larges et luisant d'eau, trottinaient des hommes et des femmes pressés, la tête penchée vers leurs pieds et la mine soucieuse, tous plus ou moins âgés de vingt-cinq à cinquante ans : les cadres, employés, secrétaires, etc. qui peuplaient presque entièrement ce quartier entre neuf heures du matin et sept heures du soir. Avant et après, ce coin de Levallois redevenait un désert de verre, d'acier et de béton.

Faute de trouver une vraie place de stationnement, Aimé Brichot gara sa Laguna sur le passage clouté qui traversait la rue Baudin juste en face de l'avenue de l'Europe, piétonne. Laquelle, cent ou cent cinquante mètres plus loin, débouchait sur la place Georges-Pompidou, vaguement circulaire et piétonne elle aussi, dont les jets d'eau centraux ne parvenaient pas à lui donner cet air de « place de village » que l'architecte, un peu optimiste, avait visiblement souhaité lui conférer.

En remontant l'avenue de l'Europe, à l'abri des arcades qui la bordaient, aimé Brichot avait la sensation de n'être nulle part. Pas à la campagne, bien sûr. Mais pas non plus vraiment en ville, ni même dans une quelconque cité.

Nulle part, au sens propre.

Ou alors, dans une sorte de ghetto anciennement futuriste, pour travailleurs du secteur tertiaire, et qui présentait déjà de déprimants signes de décrépitude et d'obsolescence.

Sous les arcades s'ouvraient un certains nombre de magasins : restaurants, boutiques de fringues ou de chaussures pour femmes, échoppes à sandwiches pour employés pressés, para-pharmacie et salle de gym (pour éliminer le « casse-dalle » trop gras englouti dans la boutique voisine...).

Juste avant de déboucher sur la place Georges-Pompidou, Aimé Brichot aperçut devant lui, sous les arcades, la vitrine du restaurant italien *Due Amici*. Dont le patron, Luigi Parmini, était aussi celui des *Servantes d'Aphrodite*, situé juste en dessous, et donc invisible de l'extérieur.

Contiguë à la vitrine éclairée par des néons bleu électrique, Brichot repéra une entrée d'immeuble, dans laquelle il s'engouffra. Il eut une petite grimace de satisfaction en découvrant la plaque cuivrée, portant le nom du bar à hôtesses et surmontée d'une sonnette.

Il enfonça le petit bouton rond, et attendit.

Au bout de quelques secondes, rien ne se produisant, il sonna une seconde fois, avec plus d'insistance.

Toujours aucune réaction, de l'autre côté de la porte de bois sombre, munie d'un petit guichet métallique permettant de voir qui se trouvait à l'extérieur.

Aimé Brichot poussa un bref soupir d'agacement, ressortit du vestibule et se dirigea vers la porte d'entrée du restaurant *Due Amici*. En espérant qu'à cette heure de la matinée, il ne serait pas désert lui non plus.

La porte vitrée n'était pas fermée à clé, ce qui était plutôt bon signe. À l'intérieur, plutôt sombre, Brichot repéra tout de suite un jeune type brun, occupé à disposer les nappes de papier rouge sur des tables carrées, serrées les unes contre les autres.

— Nous ne sommes pas encore ouvert, monsieur, lui signala le serveur, avec un accent italien assez prononcé.

— À dix heures moins le quart, je m'en serais

douté ! affirma Brichot, en s'avançant dans la petite salle disposée en L de part et d'autre du comptoir. Je voudrais voir votre patron, M. Parmini, ajouta-t-il, sa plaque de capitaine de police dans le creux de sa main droite.

— Qu'est-ce que vous lui voulez, à M. Parmini ? aboya une voix fortement rocailleuse, derrière lui.

Aimé Brichot se retourna, et se retrouva nez à nez avec une sorte de colosse au visage sanguin et au cou de taureau, les joues bleuies par une barbe naissante. Il arborait un visage fermé, et ses petits yeux noirs détaillaient l'intrus sans aucune aménité.

Mais, dès que Brichot eut à nouveau exhibé sa plaque, le colosse se radoucit aussitôt et réussit même à s'extirper un sourire cordial à peu près convaincant.

— Ah ! pardon, monsieur l'inspecteur, je ne pouvais pas savoir... Vous venez pour cette malencontreuse affaire de cette nuit, c'est ça ? Je suis Luigi Parmini...

Aimé Brichot eut envie de lui répliquer que le mot « malencontreuse » était peut-être un peu faiblard, dans la mesure où une pauvre fille avait quand même été étouffée dans un sac plastique, avant de se retrouver congelée dans une chambre froide...

— J'ai essayé d'entrer dans votre bar par la porte d'à côté, mais personne n'est venu m'ouvrir...

— C'est normal, acquiesça l'Italien. À cette heure-ci, il n'y a que la femme de ménage, et elle a pour consigne de n'ouvrir à personne. Venez, on va passer par l'escalier intérieur. Si vous voulez me suivre...

L'un derrière l'autre, ils contournèrent le comptoir, et se dirigèrent vers une petite porte, que Brichot n'avait pas remarquée jusque-là. Dès que Luigi Parmini l'eut ouverte, d'agréables odeurs de cuisine vinrent lui chatouiller la moustache, mélange de poivrons grillés, d'oignons frits et de fromage fondu.

En effet, Aimé Brichot aperçut, sur sa droite, une partie de la cuisine, embuée de vapeurs, à travers une porte entrouverte. Puis, il suivit le propriétaire des lieux à gauche, vers le petit escalier sombre qui s'enfonçait vers le sous-sol. En bas, une porte entrebâillée leur permit de pénétrer directement dans la salle principale du bar à hôtesses.

L'endroit sentait le tabac froid. Il était désert, à l'exception d'une grosse femme d'une cinquantaine d'années, Africaine ou Antillaise, vêtue d'une longue blouse bleue qui la boudinait un peu, occupée à vider les cendriers dans un grand sac poubelle noir. Elle ne leur accorda pas le moindre regard, et continua son travail comme si elle était toujours seule.

Aimé Brichot ne put réprimer une petite grimace de dégoût, en la voyant passer devant lui, avec, à présent, dans sa main gantée de caoutchouc rose, trois ou quatre préservatifs, manifestement usagés, qu'elle jeta négligemment dans le sac noir.

L'envers du décor de l'érotisme et de l'amour…

Aimé Brichot se tourna vers Luigi Parmini :

— Et si vous commenciez par me dire ce qui s'est passé hier soir, ici ? Je voudrais voir également où on a retrouvé cette pauvre fille…

L'Italien haussa les épaules et grommela, en se dirigeant vers le corridor menant à la chambre froide :

— Vous savez, je ne crois pas que je pourrai vous dire grand-chose de plus que ce que j'ai déjà dit à vos collègues de Levallois, cette nuit. Enfin, venez toujours...

Effectivement, Luigi Parmini se contenta de répéter à Aimé Brichot ce qu'il avait déjà lu dans le mince rapport remis par Charlie Badolini.

Tandis qu'ils revenaient vers le bar, Brichot désigna la porte des toilettes :

— C'est pour les clients, je suppose ?

Parmini fit un signe de tête affirmatif.

— Je trouve un peu étrange, que n'importe qui puisse aller visiter votre chambre frigorifique, observa Brichot.

— C'est parce que la porte de communication est ouverte à cause de la femme de ménage, répliqua Parmini. Mais, dès que le bar ouvre, elle est fermée à double tour.

— Qui a la clé ? demanda aussitôt Aimé Brichot.

— J'en ai toujours une sur moi, et Sylvia Tournières, ma collaboratrice qui fait tourner le bar, a l'autre. Tenez, ajouta-t-il en désignant une clé en métal argenté suspendue à un petit crochet, sous le bar, juste au-dessus de l'évier en inox, la sienne est toujours accrochée là...

— Ce qui veut dire que n'importe qui peut l'emprunter pendant un moment d'inattention de votre « collaboratrice », murmura Brichot, en tortillant machinalement la pointe de sa moustache. Le temps d'aller tuer une hôtesse à côté, par exemple...

— Encore faudrait-il savoir qu'elle se trouve accrochée là ! protesta Parmini.

— Je suppose que vos hôtesses le savent, elles, répondit Aimé Brichot sans se démonter. Plus vous, Sylvia Tournières, et sans doute un certain nombre de vos habitués, ça commence à faire du monde, non ?

Luigi Parmini ouvrait la bouche pour répliquer quelque chose, mais Brichot fut plus rapide que lui :

— À propos de vos hôtesses, il faudrait que j'interroge assez rapidement celles qui étaient là hier soir. Ainsi que Mme Tournières, bien entendu. Elles pourront sans doute me dire des choses intéressantes sur la victime.

L'Italien eut une moue de doute :

— Rien n'est moins sûr : c'était son premier soir, à cette fille. Elle faisait un essai, si vous voulez. À part Sonia, personne ne la connaissait...

— Sonia ? releva Brichot.

— En réalité, elle s'appelle Véronique Houlbec, précisa Parmini avec un petit sourire vite éteint. C'est elle qui a amené la nouvelle ici, une certaine Clémentine je ne sais plus quoi. C'est une de ses voisine, si j'ai bien compris. Et le hasard a voulu que ce soit également elle qui la découvre dans la...

Il ne termina pas sa phrase, se contentant de désigner d'un geste vague la porte du corridor conduisant à la chambre frigorifique.

— Bon, il va me falloir les coordonnées de cette Véronique Houlbec, décréta Brichot, en sortant un petit carnet et un feutre noir de sa poche intérieur de veste.

Luigi Parmini eut un geste d'impuissance :

— Pour ça, il vous faudra attendre Sylvia Tournières : c'est elle qui a les coordonnées des filles. Moi, je ne m'occupe que de l'intendance...

« C'est à dire de ramasser le fric en fin de soirée... » songea Brichot, en rangeant son carnet et son stylo.

— Donc, si je comprends bien, vous n'avez aucune information concernant la victime, cette Clémentine ? reprit-il. J'imagine qu'elle venait d'un autre établissement dans le même genre que le vôtre...

— Justement, non, vous imaginez mal, inspecteur ! D'après ce que m'a dit Sylvia, c'était une fille tout à fait comme il faut. Je crois même qu'elle bossait comme secrétaire dans une grosse boîte de Levallois, jusqu'à il y a quelques mois. Puis, le truc classique : virée à la suite d'une compression de personnel, le chômage qui s'amenuise, les dettes qui s'accumulent...

— Et, heureusement, elle a une voisine qui travaille chez vous, et qui lui propose de venir faire un essai, comme vous dites, compléta Aimé Brichot, sans chercher à cacher le dégoût que lui inspiraient les activités « proxénètoïdes » de l'Italien.

— C'est exactement ça, répondit placidement Parmini. Moi, vous savez, si j'ai l'occasion de rendre service, je...

— Ça va ! N'en faites pas trop quand même, dans le côté « Abbé Pierre » ! le coupa sèchement Aimé

Brichot, à qui le patron commençait à taper sur les nerfs.

Brusquement, il avait hâte de quitter cet endroit confiné, encore chargé des relents de la veille, sinistre avec ses lampes tamisées qui n'éclairaient que des tables et des fauteuils vides.

Tournant le dos à Luigi Parmini, il se dirigea vers l'escalier qui remontait vers le restaurant. Au moment de s'y engouffrer, il fit volte-face, et plongea son regard dans les petits yeux noirs de l'Italien :

— Ah ! j'oubliais : il va falloir me fournir la liste de tous les clients qui sont passés ici hier, entre l'ouverture et le moment où le corps de la victime a été découvert...

Il eut l'impression, malgré la lumière trop faible et orangée, de voir Parmini pâlir et ses traits s'affaisser légèrement sur eux-mêmes.

— La liste des clients ? répéta-t-il d'une voix incrédule. Mais vous ne vous rendez pas compte, monsieur l'inspecteur : c'est complètement impossible !

— Tiens donc ! Et pourquoi, je vous prie ? demanda Brichot, sur un petit ton ironique.

— Eh bien, parce que... En raison de...

— Parce que vos clients n'ont aucune envie que l'on sache qu'ils viennent s'encanailler chez vous ? C'est bien ça que vous essayez de me dire ? Sachez que je me fiche complètement de leurs petites pudeurs : ils n'avaient qu'à y réfléchir avant de franchir le seuil de votre... de votre établissement. Donc, il me faut cette liste. Et avant ce soir, hein ?

— En tout cas, s'il y a eu de nouveaux clients et qu'ils ont payé en liquide, je n'ai aucun moyen de savoir qui ils sont, vous le comprendrez, grogna Luigi Parmini, en s'efforçant de faire bonne figure.

— Dressez toujours la liste des autres, fit Brichot d'un ton sec. Je ne sais pas pourquoi, mais quelque chose me dit que ce n'est pas un nouveau client qui a étouffé cette pauvre fille, avant de l'enfermer dans la chambre froide !

Immobile, comme figé sur place, Luigi Parmini regarda le dos d'Aimé Brichot disparaître lentement dans l'escalier menant au restaurant.

Quand il fut sûr d'être seul, l'Italien se rua sur le téléphone du bar et, d'un index fébrile, composa de mémoire un numéro.

Le seul numéro, à son avis, qui pouvait encore, peut-être, lui éviter de très très gros problèmes.

CHAPITRE IV

Geneviève Cocherel glissa son index droit sous son bureau d'acajou, et tâtonna une seconde ou deux, avant d'atteindre le point précis qu'elle cherchait.

Lorsqu'elle entra en contact avec le petit bouton secret qu'elle savait y trouver, elle lui imprima une très légère pression, du bout de son ongle acéré.

Aussitôt, un ronronnement doux et régulier se fit entendre, et, tout de suite, Geneviève se sentit plus détendue, plus tranquille.

Lentement, actionnés par la commande électrique qu'elle venait d'enclencher, les stores de son bureau, composés de fines lattes de papier plastifié, se fermèrent, l'isolant du reste du monde.

D'un geste qui lui était habituel, presque machinal, Geneviève vérifia le bon ordonnancement de son impeccable chignon blond cendré. Puis, quand ce fut fait, elle ôta ses lunettes à montures d'écaille, se laissa aller dans son épais fauteuil de cuir fauve, et poussa un léger soupir de contentement.

Elle se sentait bien, en ce milieu de matinée, bien au chaud dans son grand bureau situé au huitième étage de l'immeuble tout entier occupé par la société dont elle dirigeait les « ressources humaines », Les Sept-Voiles. Elle s'y sentait protégée, inaccessible, invincible, omnipotente ; encore plus lorsque, comme aujourd'hui, la pluie obstinée noyait les quais de la Seine et diluait les contours de l'île de la Jatte, juste de l'autre côté de ses deux grandes baies vitrées. Des baies qu'elle venait en plus de rendre aveugles, grâce au système de fermeture à distance des stores.

Du monde extérieur, à travers le double vitrage fumé, ne lui parvenait plus que le ronronnement sourd et régulier produit par les voitures qui passaient sans discontinuer sur le quai Michelet, huit étages plus bas.

À ce moment, comme s'il avait patiemment attendu que l'occupante du bureau soit parfaitement détendue et à son aise, le téléphone se mit à sonner.

Sur la ligne directe, dont Geneviève Cocherel ne donnait le numéro qu'au compte-goutte.

Elle décrocha aussitôt, et ne put empêcher son cœur de battre un petit peu plus vite lorsqu'elle identifia à son « allô ? » la voix toujours un peu rocailleuse de Luigi Parmini.

— Je vous ai déjà demandé de ne pas m'appeler au bureau, lâcha-t-elle d'un ton glacial, avant que l'Italien ait eu le temps de proférer la moindre parole supplémentaire. À moins que ce ne soit vraiment important.

— Mais c'est important ! répondit Parmini d'un ton pressé, presque fébrile. Elle sort d'ici à l'instant...

— Elle ? Mais qui ça, « elle » ?

— Eh bien ! la police, évidemment ! Un type de la Brigade Mondaine, en plus ! Et figurez-vous qu'il a exigé que je lui fournisse la liste de toutes les personnes qui sont venues aux *Servantes* hier, de l'ouverture jusqu'à la fermeture. Qu'est-ce que vous dites de ça ?

Il y eut un silence à l'autre bout du fil, et Luigi Parmini se crut autorisé à ajouter, dans un petit ricanement sec :

— Vous faites moins la fière, on dirait, tout d'un coup !

— Vous êtes prié de me parler sur un autre ton, espèce d'imbécile ! siffla Geneviève Cocherel d'un ton furieux, pas trop fort cependant pour ne pas être entendue par Patricia, sa secrétaire, dont le bureau n'était séparé du sien que par une mince cloison amovible. Qu'est-ce que vous voulez que ça me fasse, vos histoires de liste ? Dois-je vous rappeler qu'en raison de nos accords verbaux, je ne paie jamais le moindre centime lorsque je viens chez vous, ce qui m'évite d'y laisser non plus la moindre trace ! Alors, mon cher, arrangez comme vous voulez vos histoires avec la police, et contentez-vous de ne jamais faire la moindre allusion à ma personne. Au moins en remerciement de tout ce que j'ai déjà fait pour vous, notamment depuis hier soir.

— Bien entendu, madame Cocherel, bien entendu, fit Parmini, d'un ton nettement plus accommodant, je voulais simplement vous avertir que nous courons le risque de...

Geneviève Cocherel raccrocha brusquement au milieu de la phrase. Elle n'avait aucun envie d'écouter Luigi Parmini dérouler le ruban de ses jérémiades.

Elle se renversa contre le dossier inclinable de son fauteuil, étendit les jambes sous son bureau, et ferma à demi ses yeux gris-vert, afin se redérouler dans sa tête le fil des événements de la veille.

Luigi Parmini l'avait appelée sur son portable, peu avant deux heures du matin.

Pour lui expliquer, d'une voix complètement paniquée, la découverte qu'il venait de faire dans sa chambre froide, par l'intermédiaire de l'une de ses hôtesses.

Il n'avait fallu que quelques secondes de conversation à Geneviève pour comprendre qui était la fille qui venait d'être assassinée et congelée dans la chambre froide du restaurant situé au-dessus des *Servantes d'Aphrodite*.

C'était précisément cette fille, la nouvelle, ancienne salariée des Sept-Voiles, qui les avait formellement identifiés, Arnaud et elle, l'après-midi même.

Au lieu de s'affoler, Geneviève Cocherel avait senti un très grand calme se faire en elle, comme à chaque fois qu'elle se trouvait face à une situation compliquée, délicate, voire dangereuse. Immédiatement, dans son cerveau aussi froid, méthodique et efficace qu'un ordinateur dernier modèle, elle avait classé les problèmes par importance décroissante, rangé les questions dans l'ordre où il convenait d'y répondre.

Le premier problème avait été de calmer et de rassurer Luigi Parmini, pour l'empêcher de dire ou de faire les conneries dont il était parfaitement capable...

La deuxième initiative de Geneviève avait consisté en un certain nombre de coups de téléphone, donnés malgré l'heure tardive. Trois, pour être tout à fait précis.

Le premier à l'un de ses plus anciens ex-amants, député de Paris.

Le deuxième à un de ses condisciples d'HEC, qui travaillait maintenant dans l'entourage du directeur de la Police judiciaire.

Et le troisième, pour faire bon poids bonne mesure, à une amie de ses parents, actuellement ministre en exercice.

Avec des « parapluies » de cette envergure, elle était à peu près certaine qu'il ne pouvait rien arriver de fâcheux à l'établissement de Luigi Parmini, pas plus qu'à son propriétaire, et encore moins à elle.

En revanche – elle s'en était aperçue le lendemain matin seulement –, pas une seconde l'idée ne l'avait effleuré de mettre au courant la personne que cette mort concernait le plus, en dehors d'elle. À savoir son amant, Arnaud de Laroche-Gaillard.

Sans prendre la peine d'ouvrir les yeux, Geneviève attrapa au jugé son paquet de cigarettes mentholées, et en alluma une à la flamme de son briquet de bureau en or, représentant un cygne au cou lascivement recourbé.

Il n'empêche...

Geneviève souffla nerveusement une bouffée de fumée blanche vers le plafond composé de grands carrés d'une matière en principe insonorisante.

Il n'empêche que la mort brutale de cette fille, qui l'avait identifiée aux *Servantes d'Aphrodite*, et donc la mettait forcément en danger, cette mort tombait bien.

Elle tombait même un peu trop bien.

De là à penser que les deux événements étaient étroitement liés l'un à l'autre, il n'y avait qu'un pas, que Geneviève Cocherel avait du mal à s'empêcher de franchir.

Le visage viril et régulier d'Arnaud passa devant ses yeux, et les sourcils clairs de Geneviève se froncèrent imperceptiblement.

Et si Arnaud avait paniqué ? S'il avait vraiment paniqué ? Au point de se débrouiller, d'une manière ou d'une autre, pour supprimer la fille dont il semblait avoir si peur, la veille, qu'elle ne ruine sa carrière et sa vie de futur grand patron d'une société promise à un avenir multinational ?

Geneviève se redressa brusquement dans son fauteuil et, d'un geste décidé, enfonça la touche interphone de son téléphone :

— Patricia ? Voulez-vous appeler monsieur Arnaud de Laroche-Gaillard, au département Amérique du service des ventes, et lui demander de monter me voir, je vous prie ? De monter immédiatement, bien sûr.

Elle raccrocha, un sourire trouble flottant sur ses lèvres minces et dépourvues de tout maquillage.

Arnaud, un assassin…

Elle essaya de l'imaginer, poussant la fille dans un coin sombre, emprisonnant son corps nu entre le sien et un mur, pour l'empêcher de se débattre.

Elle tenta de le voir, enfilant le sac plastique sur sa tête, afin de l'étouffer.

Elle crut distinguer les soubresauts de plus en plus convulsifs de la victime se répercuter, comme une onde, au corps tendu de son amant.

Enfin, elle vit très nettement, avec une acuité presque insoutenable, Arnaud enfermer le cadavre dans la chambre froide, entre deux piles de victuailles, refermer la porte et s'enfuir...

Dehors, le mugissement d'une sirène de péniche, sur la Seine, la fit sursauter.

« Tu deviens folle, ma vieille ! songea-t-elle, en se levant brusquement de son fauteuil. Arrête tes délires tout de suite, car sinon... »

Mais, avec cet esprit froid qu'elle mettait à analyser toute chose, y compris elle-même, Geneviève s'aperçut que lorsqu'elle imaginait son amant sous les traits d'un assassin, ce n'était ni la peur, ni l'indignation, ni l'horreur qui dominaient alors son cerveau.

C'était l'excitation.

Une excitation nouvelle, inconnue, quand même un peu effrayante, mais extrêmement puissante et évocatrice de plaisirs inédits.

Une excitation purement et violemment érotique.

La porte de son bureau s'ouvrit avec un imperceptible chuintement dans le bas. Geneviève Cocherel et Arnaud de Laroche-Gaillard se retrouvèrent face à face.

— Voyons, qu'est-ce qui t'arrive ? Je croyais qu'on devait éviter au maximum de se voir dans le cadre du boulot... dit Arnaud, à voix basse à cause de la secrétaire, à côté, qui était toujours susceptible de saisir quelques lambeaux de phrase, à travers la cloison.

Geneviève marcha vers lui, d'une démarche ondulante, lascive, qui stupéfia son amant.

Ce n'était pas la démarche normale de Geneviève Cocherel, ça. Pas celle qui était la sienne lorsqu'elle arpentait les couloirs de la société.

C'était celle qu'elle empruntait lorsqu'elle se trouvait « là-bas », dans ce bar en sous-sol où elle ne se rendait que pour se donner à lui.

C'était la démarche de Salomé.

Comme pour lui donner raison, Geneviève noua ses bras autour du cou de son amant, lui agaça la nuque du bout de ses ongles, tandis que ses seins s'écrasaient contre sa poitrine et qu'elle plaquait son ventre sur le sien, avec une sorte de lent mouvement tournant, qui ne tarda pas à produire son effet sur la virilité d'Arnaud.

— Mais enfin, Geneviève, qu'est-ce qui t'arrive aujourd'hui ? souffla-t-il, d'une voix presque inquiète, à force d'incompréhension.

— J'ai une nouvelle à t'apprendre, lui murmura la jeune femme à l'oreille, sans cesser ses savants massages du bassin. Tu te souviens de cette fille, hier, au bar, cette ancienne salariée d'ici qui nous a reconnus ?

— Évidemment que je m'en souviens ! répliqua Arnaud d'un ton un peu agacé. Alors ? Tu vas faire comme tu as dit ? Tu vas la faire réembaucher à un salaire supérieur, en lui faisant comprendre que c'est le prix de son silence ?

— Ça n'est absolument plus la peine de s'embêter avec ça, mon chéri : il se trouve que cette fille est morte depuis hier soir…

— Morte ! sursauta Arnaud, en s'écartant brusquement de sa maîtresse, et en sentant son érection s'évanouir à la vitesse V. Mais comment ça, morte ?

— Assassinée à l'intérieur même du bar, répondit Geneviève d'une voix tranquille. Avant d'être enfermée dans la chambre froide du restau, où l'une des filles de Luigi l'a découverte un peu plus tard.

Arnaud recula de deux pas, le visage blême, dévisageant Geneviève avec des yeux aux pupilles dilatées.

— C'est toi ! bredouilla-t-il, en s'efforçant de ne pas crier. C'est toi qui est retournée là-bas et qui l'a tuée pour qu'elle ne puisse pas dire qu'elle t'avait vue ! Tu es un monstre, Geneviève ! Tu es folle à lier !

— C'est curieux que tu penses ça de moi, répondit la jeune femme, d'un ton parfaitement serein, en faisant un pas en direction de son jeune amant, qui recula instinctivement d'autant. Parce que figure-toi que, quand j'ai appris l'incident, c'est exactement la même idée qui m'est venue : que tu étais retourné aux *Servantes* pour supprimer ce témoin gênant de nos petits débordements…

Les pupilles d'Arnaud reprirent aussitôt un diamètre normal, et ses traits se détendirent un peu.

— C'est vrai ? demanda-t-il d'une voix moins tremblante. Tu as pensé que j'aurais pu faire une chose pareille, Geneviève ?

— Évidemment ! répondit-elle avec un léger haussement d'épaules. On dirait que ça a l'air de te faire plaisir…

— Bien sûr que ça me fait plaisir ! dit-il avec force, en revenant vers elle. Pour la bonne raison que si tu as pensé ça, c'est que ce n'est pas toi qui l'a tuée. Et comme je sais que ça n'est pas moi non plus, on est donc innocents tous les deux : pas plus compliqué que ça !

Geneviève vint de nouveau plaquer son corps fiévreux contre celui d'Arnaud, et plongea ses yeux gris-vert dans les siens, un drôle de sourire aux lèvres.

— À moins… murmura-t-elle.

— À moins que quoi ?

— À moins que l'un de nous deux fasse semblant d'accuser l'autre, justement pour faire croire qu'il n'est pour rien dans ce meurtre !

Arnaud en resta sans voix, lèvres entrouvertes et regard fixe. Geneviève sentit qu'elle avait assez « soufflé le froid » sur son amant, et qu'il était temps pour elle, en quelque sorte, de le récupérer.

Elle fit glisser sa main entre leurs deux corps et referma ses doigts fins sur la virilité assoupie d'Arnaud.

— Non, je t'en prie, Geneviève… se plaignit-il, avec une voix de petit garçon pris en faute. Pas maintenant… Et surtout, pas ici…

Mais, sous la savante caresse des doigts féminins, il ne tarda pas à s'ériger de nouveau, malgré lui.

— J'ai envie de toi ! souffla Geneviève d'une voix un peu plus rauque. J'ai envie que tu me baises ici, sur mon bureau ! Comme une vulgaire femelle en chaleur !

Tandis que, de la main droite, elle déboutonnait le pantalon d'Arnaud pour en extraire l'objet de ses désirs, elle retroussait la jupe de son tailleur de la gauche, pour apparaître harnachée d'un porte-jarretelles de dentelle noire, à l'exclusion de tout autre sous-vêtement. En découvrant le buisson d'or fin qui ombrait le ventre plat de sa maîtresse, Arnaud sentit un feu sauvage l'embraser tout entier, et il eut l'impression que son membre, maintenant à l'air libre, doublait carrément de volume et de taille. Il tenta quand même une dernière objection :

— Ta secrétaire... À côté... Elle va nous entendre... On ne peut pas...

Une petite lueur vicieuse s'alluma dans le regard de Geneviève, qui murmura, d'une voix presque méconnaissable tant elle débordait de sensualité :

— Dans ce cas, je te propose un petit jeu : pour que Patricia croie à une réunion strictement professionnelle, on va parler boulot pendant que tu me prends ! Et défense de laisser passer le moindre écho de plaisir dans nos propos, d'accord ? Et maintenant, viens, dépêche-toi : j'ai la chatte en feu !

Le souffle court et les joues écarlates, Geneviève s'appuya contre le rebord de son bureau, les mains bien calées en arrière, cambra les reins et écarta les cuisses, afin de projeter son pubis en avant.

N'y tenant plus, Arnaud se rua en avant, sexe tendu à l'horizontale. D'un seul coup de reins, il plongea jusqu'à la garde au cœur de cette fleur impudique et odorante qui s'ouvrait pour lui.

Dès qu'elle le sentit en elle, Geneviève noua ses jambes autour des hanches de son amant, pour l'inciter à la prendre encore plus profondément et puissamment.

En même temps, elle se mit à dire, d'une voix parfaitement professionnelle :

— Je suppose que vous avez eu un double du rapport Lamberteau, Arnaud ? Vous avez vu qu'il propose de prendre appui sur ce qu'il appelle « l'effet Vendée Globe » – course dans laquelle nous avons trois bateaux engagés cette année, je vous le rappelle – pour développer l'aspect sportif de nos bateaux de plaisance, sans nuire à la politique de vacances que nous avions précédemment induite. Pourrais-je savoir ce que vous en pensez ?

Arnaud donna un coup de reins plus puissant, et il eut l'impression que le ventre de Geneviève, chaud comme l'enfer et onctueux comme le miel, s'ouvrait encore davantage. Pourtant, il réussit à conserver une voix à peu près normale pour répondre :

— C'est sûrement une excellente idée, Geneviève. À condition, je pense, de faire porter nos efforts de management principalement vers les States et aussi l'Italie, qui sont sans doute les marchés les plus porteurs dans ce domaine. Et en conservant une politique de luxe et de sécurité pour les pays arabes, et l'Asie du Sud-Est. Mais, bien sûr, le dossier demande à être revu en profondeur, sinon…

Arnaud fut obligé de s'interrompre net. Geneviève, en belle salope qu'elle était, venait de faire entrer en action ses muscles les plus intimes, et il avait l'impression qu'une bouche vorace et invisible était maintenant en train de le têter goûlument.

Impossible de continuer à parler marketing dans ces conditions...

De la pièce à côté, leur parvenait la voix de Patricia, la secrétaire, occupée à parler au téléphone.

La pensée qu'elle pouvait raccrocher à tout moment et faire irruption dans le bureau survolta Geneviève, qui se mit à donner de furieux coups de reins pour venir s'empaler encore plus profondément sur le pieu de chair dure et palpitante qui l'ouvrait littéralement en deux.

Durant une seconde ou deux, elle se dit qu'au fond, elle adorerait que Patricia pousse la porte du bureau et la voie se faire posséder à la va-vite, comme une vulgaire fille des rues.

Cette pensée l'embrasa tout entière et l'orgasme la faucha, au moment précis où Arnaud se répandait en elle à longs flots brûlants et saccadés.

Mais, malgré le plaisir qui les électrisait, aucun des deux n'émit le moindre son...

De l'autre côté de la cloison, Patricia continuait son babillage téléphonique, sans se douter de ce qui venait de se jouer à quelques mètres d'elle.

La respiration encore haletante, la jupe toujours relevée sur son ventre palpitant du plaisir qui refluait par vagues, Geneviève regarda son amant se rajuster rapidement et, après avoir bredouillé un vague « au revoir », disparaître de son bureau à grandes enjambées.

Elle faillit le rappeler pour l'informer de la décision qu'elle venait de prendre à l'instant, et qui le concernait au premier chef.

Celle de retourner, cet après-midi même, aux *Servantes d'Aphrodite*. Et d'y retourner avec lui, que cela lui fasse peur ou non.

À elle aussi, ça faisait un peu peur. Elle aussi trouvait ça dangereux, après ce qui s'était passé la veille.

Mais c'était justement ce danger qui lui embrasait le ventre et le cerveau.

Et le seul moyen d'éteindre ce feu qui la dévorait, c'était que Geneviève, pour une heure ou deux, se retransforme en Salomé.

Finalement, elle laissa Arnaud sortir de son bureau sans se manifester. En se disant que le pauvre chéri avait eu son content d'émotion pour le restant de la matinée.

Une fois dans le couloir, la porte du bureau de Geneviève Cocherel soigneusement refermée derrière lui, Arnaud de Laroche-Gaillard inspira profondément l'air agréablement climatisé, les yeux mi-clos et la tête légèrement inclinée vers l'arrière.

Lui aussi venait de prendre une décision. Celle de se sortir coûte que coûte du piège mortel dont il sentait les mâchoires se refermer lentement sur lui.

Et de s'en sortir avec ou sans Geneviève.

CHAPITRE V

— Bonjour !... Vous voulez que je vous tienne compagnie un moment ? Vous m'offrez une petite coupe ? Je m'appelle Sonia...

Boris Corentin dévisagea la petite brune qui se tenait debout devant lui, souriante, très jolie avec son visage rond mangé par une bouche très rouge et deux grands yeux noirs, et vraiment attirante dans la petite robe bleue très décolletée et ultracourte qui moulait son corps mince comme une seconde peau.

Il se dit qu'elle n'avait pas perdu de temps pour lui mettre le grappin dessus : ça faisait à peine trois minutes qu'il était juché sur son tabouret, au bout du bar, dans le coin le plus sombre des *Servantes d'Aphrodite*.

Boris se composa un sourire à la fois gêné et émoustillé, pour répondre :

— Écoutez, mademoiselle... Euh, oui, je veux bien... Je ne sais pas trop... Vous savez, c'est la première fois que j'entre dans un établissement comme celui-ci, et je... Enfin, vous me comprenez, n'est-ce pas ?

Sonia se jucha sur le tabouret voisin du sien, et le regarda avec un sourire rassurant, presque maternel bien qu'elle ait, à vue d'œil, pas loin d'une quinzaine d'années de moins que Corentin.

— Ne t'inquiète pas, murmura-t-elle, en effleurant négligemment son genou du bout de ses ongles rouge sang, tout va très bien se passer. C'est juste que tu me plais beaucoup et que j'ai envie de prendre un verre avec toi. Pour qu'on fasse connaissance, tu vois ?

Boris se dit qu'un homme moins averti que lui aurait pu croire très facilement qu'il plaisait vraiment à Sonia, tellement son ton de voix langoureux, son passage au tutoiement et la pose alanguie de son corps étaient convaincants, naturels.

Après tout, ça devait être ça que les hommes seuls venaient chercher dans les bars du genre des *Servantes d'Aphrodite* : l'illusion délicieuse, enivrante même, qu'ils étaient suffisamment intéressants pour séduire une fille aussi jeune et belle que l'était Sonia. Une fille toute prête à les écouter, à se passionner pour les rares événements de leur petite vie terne, à s'émerveiller de leur intelligence, à s'esclaffer de leur humour... Et surtout, à ronronner comme une chatte amoureuse, au moindre attouchement masculin sur leur corps vêtu de façon sciemment impudique et provocante.

Bien entendu, chaque client, même le plus naïf, savait bien qu'au bout du compte, s'il voulait passer avec elle à des choses plus « concrètes » sur le plan érotique, il devrait sortir son portefeuille et payer son dû à la fille qu'il convoitait.

Mais, au moins, entre le moment où il était entré dans le bar et celui où ses billets de banque changeraient de main, il aurait savouré, goutte par goutte, le délicieux breuvage de la séduction ; il se serait cru irrésistible, en séducteur de comptoir ; et rien que pour cette sensation, à la fois enivrante et infiniment triste, il paierait sans discuter ce que n'importe quelle prostituée des rues lui aurait accordé pour dix fois moins cher…

Boris Corentin fit un petit geste de la main droite, pour attirer l'attention de la barmaid blonde, et lui faire signe de servir une coupe de champagne à Sonia.

Sylvia. Sylvia Tournières. C'était comme ça qu'elle s'appelait, d'après ce que lui avait dit Aimé Brichot, au téléphone, deux heures plus tôt.

Boris eut un petit sourire, que Sonia prit pour un encouragement lui étant adressé, alors qu'il n'était destiné à personne en particulier.

Corentin était juste en train de se dire que personne ne le connaissait aussi bien qu'Aimé Brichot, finalement.

Ce n'était évidemment pas un hasard si son coéquipier lui avait téléphoné, peu après midi, soi-disant pour prendre de ses nouvelles.

Pas un hasard non plus s'il avait entrepris de lui parler de l'enquête que Charlie Badolini lui avait confiée le matin même : Aimé Brichot savait très bien que cette histoire de fille étouffée puis congelée, dans un lieu aussi clos qu'un bar à hôtesses installé en sous-sol, ne pouvait que titiller la « fibre flicarde » de sa flèche [1].

---

1. Le premier des deux dans une équipe de policiers.

D'ailleurs, quand, pour finir, il avait dit à Corentin qu'il comptait retourner faire un tour aux *Servantes d'Aphrodite* dans l'après-midi, « pour essayer d'en apprendre un peu plus », Aimé Brichot n'avait même pas fait semblant d'être surpris par la réponse de Corentin.

— Écoute, Mémé, lui avait aussitôt dit Boris, tu sais très bien que tu n'obtiendras rien en te pointant là-bas, dans la mesure où tout le monde sait que tu es flic, maintenant. Par contre, moi, je peux très aller y faire un tour. Comme ça, en tant que client lambda. Histoire de laisser traîner mes yeux et mes oreilles...

— Boris, je ne peux pas accepter, voyons : tu es quand même en vacances... avait (très faiblement) protesté Aimé Brichot.

— Arrête ton char, Mémé ! l'avait rembarré Corentin d'une voix légèrement ironique. Tu sais très bien que tu m'as appelé uniquement pour que je te propose ça !

— Boris, tu me déçois beaucoup, si tu penses ça de moi ! avait conclut Aimé Brichot, d'un ton tellement ravi qu'il disait exactement le contraire de ses paroles.

Boris s'apprêtait à répondre qu'il le pensait pourtant, quitte à devoir assumer cette lourde déception de la part de son coéquipier, mais celui-ci s'était empressé de raccrocher...

— Je bois au hasard heureux qui vous a amené jusqu'ici ! sourit Sonia en choquant légèrement sa coupe de champagne contre le verre de bière de Corentin.

Fidèle à son personnage de client novice, celui-ci prit un air désabusé pour répondre :

— Je suppose que vous devez dire ça à tous les hommes qui vous offrent un verre…

La petite fossette, que son sourire avait fait naître, disparut de la joue droite de Sonia.

— Vous n'êtes pas gentil de me dire ça… murmura-t-elle, la voix chargée de reproches, en revenant au voussoiement du début de leur conversation. C'est vrai que le boulot des filles, ici, consiste à être gentilles avec le client. Mais j'étais quand même sincère, en vous disant ça…

Elle glissa l'un de ses genoux entre ceux de Boris, et se pencha vers lui, lui offrant une vue plongeante sur ses petits seins fermes, dépourvus de soutien-gorge.

— Vous savez, si tous les hommes qui entrent ici étaient aussi beaux et bien foutus que vous, on n'aurait pas beaucoup à se forcer pour…

Sonia eut un petit rire de gorge et posa sa main sur la cuisse de Boris, avant d'ajouter :

— C'est même nous qui devrions payer vos faveurs, pour être tout à fait équitable !

— N'en rajoutez pas trop, quand même ! soupira Corentin, avec un sourire en coin.

Il allait dire autre chose, lorsque la porte qui se trouvait juste à droite du bout du bar, opposé à celui où lui-même se trouvait, s'ouvrit, pour laisser pénétrer un homme d'une cinquantaine d'années, au corps massif, au visage sanguin et au cou de taureau.

À son apparence, Corentin sut tout de suite à qui

il avait affaire, en se remémorant la description faite par Aimé Brichot.

Luigi Parmini, le patron des *Servantes d'Aphrodite*, ainsi que du restaurant qui se trouvait juste au-dessus.

Il vit l'Italien se planter devant le type grand et mince qui semblait scotché au bout du bar et le toiser d'un air méprisant.

— Tu es encore là, toi ? aboya l'Italien, en serrant machinalement les poings. Tu sais que ça commence à me déprimer de te trouver tout le temps fourré dans les jambes de Sylvia pendant qu'elle bosse. Tiens, grimpe plutôt là-haut et sors les casiers de bouteilles vides sur le trottoir : ça t'occupera !

Corentin vit le type entrouvrir les lèvres pour répliquer quelque chose, puis les refermer, descendre de son tabouret et se diriger vers la porte par laquelle Luigi Parmini était arrivé. Non sans avoir lancé au patron un regard dégoulinant de haine.

Ce type, c'était la première personne que Boris Corentin avait remarqué, en entrant, tout à l'heure. Il l'avait à la fois amusé et intrigué. Amusé en raison de sa tenue vestimentaire, assez nettement ringarde, notamment la boucle en forme de tête d'aigle qui ornait son gros ceinturon clouté. Et intrigué parce qu'aucune des quatre hôtesses présentes – et encore désœuvrées – n'avait fait la moindre tentative pour venir se faire offrir un verre par ce client plutôt taciturne.

Il n'avait fallu que quelques minutes à Boris, pour comprendre que l'homme en question devait être l'amant de la barmaid, Sylvia, et que c'était pour ça que les autres filles ne l'entreprenaient pas : il était « chasse gardée » en quelque sorte.

Tout en écoutant d'une oreille distraite le bavardage de Sonia – et en veillant à ce que sa main fureteuse ne monte pas trop haut sur sa cuisse... –, Corentin observa Luigi Parmini qui passait derrière le bar, et s'approchait de Sylvia, laquelle se trouvait quasiment en face de lui.

Il vit le patron poser ses mains épaisses sur les hanches de la barmaid et les laisser glisser par derrière, jusqu'à ce que ses doigts, aux phalanges velues, ne viennent pétrir sa croupe rebondie, déclenchant un petit rire ravi chez la blonde.

Et, malgré la voix de Nino Ferrer chantant *Le Sud* dans l'appareil à musique, il entendit distinctement l'Italien bougonner à l'intention de Sylvia :

— Nous voilà peinards pour un petit moment, ma belle ! Quand est-ce que tu vas te décider à le larguer, ce pauvre type ? Qu'on puisse s'envoyer en l'air tranquillement, tous les deux...

Sylvia Tournières se cambra complaisamment, pour s'offrir mieux à la caresse des gros doigts qui pétrissaient sa croupe, et dit, avec un petit haussement d'épaules :

— Pour ce que tu te gênes quand Bernhard est là, franchement... Tu devrais d'ailleurs faire gaffe, Luigi : un jour, il pourrait vraiment en avoir marre de te voir me peloter juste sous son nez !

— Qu'est-ce que tu veux que ça me fasse ? répliqua l'Italien d'un ton paisible. D'une pichenette, je l'écrabouille, ton Autrichien de merde ! Bon, c'est pas le tout, mais j'ai du boulot, moi ! Je file, j'ai une course à faire à Levallois. Je repasserai voir si tout se passe bien avant le service du soir…

Luigi Parmini disparut par la porte donnant sur l'escalier intérieur, suivie par les yeux rêveurs de Sylvia.

Boris Corentin commençait à mieux comprendre d'où venait l'espèce de haine (du côté de l'Autrichien) et de mépris (chez l'Italien) qui s'étaient installés entre les deux hommes : avec la barmaid, ils formaient une sorte de « ménage à trois », qui ne les satisfaisait ni l'un ni l'autre.

L'immémoriale et éternelle lutte des mâles pour la possession de la plus belle femelle du troupeau…

— On ne peut pas dire que tu t'intéresses beaucoup à moi, on dirait, fit soudain la voix de Sonia, empreinte d'une espèce de tristesse qui ne paraissait pas totalement feinte.

Boris la regarda avec un sourire d'excuse, et caressa sa pommette gauche du bout de l'index. Aussitôt, dans un élan qui pouvait passer pour spontané, Sonia lui prit la main, la pressa plus fortement contre sa joue, et appuya ses lèvres pulpeuses au creux de sa paume, tandis qu'elle collait ses genoux contre les siens.

— Tu vas sûrement me trouver stupide, murmura-t-elle, en le dévisageant de ses grands yeux sombres, avec une sorte d'avidité mélancolique, mais je commence à regretter que tu sois entré ici…

Boris Corentin joua le type piqué au vif et dit d'une voix pincée :

— Je peux encore m'en aller, si tu veux…

Sonia lui reprit la main qu'elle venait juste de

lâcher, et la pressa contre sa poitrine, avec une sorte de ferveur.

— Mais non, tu es bête ! dit-elle d'une voix tendre. Ce n'est pas du tout ce que je voulais dire ! Simplement, j'aurais préféré qu'on se rencontre ailleurs... Dans un endroit où on aurait seulement été un homme et une femme qui...

Sonia eut un petit sourire triste et un geste d'impuissance de la main droite ;

— Ça ne fait rien, laisse tomber, murmura-t-elle, en baissant les yeux.

— Je crois que je comprends, répondit Boris sur le même ton. Mais il n'est jamais trop tard pour rien, tu sais...

Elle releva vers lui des yeux luisants d'espoir :

— Tu crois ? Tu crois vraiment, qu'on peut effacer les choses, comme sur une ardoise magique, et repartir à zéro comme si rien ne s'était passé ?

— Pourquoi pas ? sourit gentiment Corentin. Peut-être suffit-il de le vouloir vraiment...

Sonia sauta en bas de son tabouret, prit la tête de Boris entre ses deux mains et plaqua ses lèvres douces contre les siennes, pour un rapide baiser.

— J'ai un coup de fil important à passer, dit-elle, en faisant un pas en direction du vestiaire des hôtesses. Tu ne bouges pas, hein ? Et surtout, si une autre fille vient te faire du charme, tu l'envoies promener !

Quand Sonia eut disparu à l'intérieur du vestiaire, Boris Corentin laissa son regard errer autour de lui.

En ce début d'après-midi, l'ambiance était plutôt calme, aux *Servantes d'Aphrodite*. Sur les trois hôtesses qui se trouvaient dans la salle, deux tuaient le temps en feuilletant des magazines féminins, une grande Black coiffée à la rasta, visiblement très bien faite, et une blonde un peu grasse, au visage particulièrement inexpressif.

Seule la troisième, une rouquine frisée au visage parsemé de taches de rousseur, était « en main ». Son client était un homme d'une quarantaine d'années, au crâne précocement dégarni, et qui, bizarrement, malgré la chaleur moite qui régnait dans le bar, n'avait pas quitté son imperméable gris. Il murmurait des trucs à l'oreille de sa partenaire, tout en lui caressant les seins et les cuisses, et celle-ci, à intervalles réguliers, partait d'un bref et sonore éclat de rire. Sans doute pour faire croire à son client qu'il était décidément irrésistible.

Au moment où Boris Corentin détournait les yeux du couple, il vit le rideau de velours s'écarter. À sa grande surprise, au lieu de l'homme qu'il s'attendait à voir apparaître, c'est une femme qui s'encadra dans l'embrasure. Comme elle se trouvait de trois quarts par rapport à lui, il ne distinguait d'elle que des cheveux clairs attachés en un chignon assez strict, et un tailleurs gris perle qui l'était tout autant.

Il crut d'abord à une femme cadre travaillant dans le quartier, et qui était entrée là par erreur, croyant venir boire un verre dans un bar ordinaire.

Mais, l'instant d'après, il la vit adresser un petit signe de tête à Sylvia, laquelle lui répondit par un sourire et un petit signe de la main.

Ensuite, sans la moindre hésitation, la nouvelle arrivée se dirigea vers le vestiaire des hôtesses, à l'intérieur duquel elle disparut, sous l'œil intrigué de Corentin.

Il ne l'avait pas bien vue, mais suffisamment quand même pour s'apercevoir qu'elle n'avait pas le profil de l'hôtesse type.

À la fois pas assez jeune et beaucoup trop « classe », par rapport aux filles qui, un jour ou l'autre, parce qu'elles avaient besoin d'argent tout de suite, se décidaient à faire ce genre de boulot.

Et Dieu sait si, contrairement à ce qu'il avait fait croire à Sonia, Boris Corentin en avait visité, de ces bars à hôtesses, depuis le temps qu'il était à la Brigade Mondaine. Simplement parce que de tels établissements ne pouvaient ouvrir, et encore moins durer, sans une certaine « indulgence » de la police. C'était donc les endroits idéaux pour recruter des indics, obtenir des renseignements qui pouvaient s'avérer précieux, notamment dans toutes les affaires de trafics et de circulation de la drogue. Donnant donnant.

Corentin oublia rapidement la nouvelle venue, lorsque Sonia ressortit du vestiaire et revint s'asseoir en face de lui.

— Tu vois, lui dit-il avec une moue amusée : je ne me suis pas envolée !

— Je te ne l'aurais pas pardonné, répondit Sonia avec le plus grand sérieux, en se penchant pour l'embrasser au coin des lèvres, avec une sorte d'élan passionné. Tu m'offres une autre coupe ?

Boris se dit que l'espèce de passion soudaine qu'elle semblait éprouver pour lui n'allait pas jusqu'à lui faire perdre le sens des affaires.

Excellente leçon de modestie, en ce qui le concernait…

Il fit signe à Sylvia de renouveler leurs deux consommations. Avec un sourire entendu, la barmaid blonde ouvrit l'une des trois petites armoires réfrigérées qui se trouvaient derrière elle, et en sortit une canette de Heineken ainsi qu'une bouteille de champagne déjà bien entamée, fermée par un bouchon métallique brillant. Au même moment, la porte du vestiaire des hôtesses se rouvrit, et Boris ouvrit des yeux ronds en découvrant la fille qui en sortait.

« Ni tout à fait la même/ni tout à fait une autre, » : l'image célèbre de Verlaine lui vint immédiatement à l'esprit, en la voyant. Car c'était bien la femme qui était arrivée, une dizaine de minutes plus tôt, vêtue d'un tailleur gris très strict, les cheveux tirés en un chignon austère.

C'était elle, mais victime – ou plutôt bénéficiaire – d'une extraordinaire métamorphose.

À la place de son tailleur, elle avait revêtu une robe en lamé scintillant rouge, ultramoulante, qui lui arrivait au ras des fesses, et laissait plus des deux tiers de sa poitrine à nu.

Au lieu de la coiffure sévère qu'elle arborait, une crinière souple et soyeuse tombait en cascade blonde sur ses épaules découvertes, délicatement bronzées.

Les lèvres minces et presque incolores, que Corentin avait fugitivement entrevues tout à l'heure, avaient fait place à une bouche rouge, brillante, voluptueuse, qui appelait le baiser. Ou la morsure. Et faisait immanquablement penser à certaine caresse dont les hommes, et Boris tout le premier, sont en général très friands.

Enfin, un autre détail attira son attention, à un mouvement des bras que fit l'hôtesse.

Contrairement à quatre vingt-dix-neuf pour cent des femmes d'aujourd'hui, elle avait les aisselles « en friches », ni rasées ni épilées.

Vu sa classe et le soin qu'elle semblait prendre de sa personne, ce ne pouvait pas être de la négligence. Plutôt curieux, pour une hôtesse censée plaire au plus grand nombre d'hommes possible, que d'arborer ces deux petites touffes de poils dorés sous les bras, à une époque où, justement, on les considérait le plus souvent comme des « tue-l'amour »...

Corentin ne put s'empêcher de la suivre du regard, tandis qu'elle allait prendre place dans un fauteuil, situé à égale distance entre le bar et la porte d'entrée.

Sonia, qui avait repéré son manège, le pinça à la cuisse et vrilla ses yeux noirs dans les siens :

— Tu n'as pas honte de reluquer Salomé comme ça ? Je compte pour du beurre, moi, c'est ça ? Vraiment, je me demande ce que vous avez tous, à baver devant cette vieille peau !

— Vieille peau ? répéta Boris, un sourcil levé.

Sonia haussa les épaules et laissa tomber, d'une voix franchement condescendante :

— Je veux, oui ! Elle a au moins trente-cinq ans, la Salomé !

Corentin se retint de lui dire que, dans ce cas, la « vieille peau » et lui étaient à peu près contemporains...

— De toute façon, tu n'arriveras à rien avec elle : elle est très sélective dans le choix de ses partenaires. Elle peut se le permettre, remarque, vu qu'elle ne doit pas avoir trop besoin de fric, elle.

Corentin s'apprêtait à demander à Sonia ce qu'elle entendait par là, lorsque retentit la sonnette aigrelette de la porte d'entrée, en haut de l'escalier.

Instinctivement, comme les autres personnes présentes dans le bar, Boris tourna la tête vers le rideau de velours cramoisi. Pour voir à quoi ressemblait le nouvel arrivant.

C'était un homme jeune, sans doute pas beaucoup plus de vingt-cinq ans, très élégant dans son costume de lin anthracite. Avec son visage régulier, ses cheveux bruns et drus, sa silhouette athlétique, Corentin se dit qu'il avait des faux airs à la John-John Kennedy, le fils du président assassiné à Dallas en 1963.

— Tiens ! ça ne m'étonne pas qu'il rapplique, celui-là ! marmonna Sonia d'une voix si faible que Boris fut le seul à l'entendre.

« John-John » traversa la pièce d'une démarche souple, sans accorder la moindre attention à qui que ce soit.

Arrivé au bar, il embrassa distraitement Sylvia sur les deux joues, un baiser sur chaque.

— Bonjour, Arnaud ! fit la barmaid. C'est toujours un plaisir de vous voir chez nous ! Vous venez vous détendre un peu entre deux réunions ?

— Quelque chose comme ça, répondit le prénommé Arnaud, d'un ton un peu trop désinvolte qui, d'emblée, déplut à Boris Corentin. Me détendre en bonne compagnie, ma belle : vous avez quelqu'un à me conseiller ?

La barmaid examina rapidement les trois filles disponibles, et désigna la « vieille peau » d'un mouvement du menton :

— Salomé, murmura-t-elle après avoir fait mine d'hésiter un instant. Je suis sûre qu'elle vous conviendra parfaitement. Elle est très câline et elle adore les hommes dans votre genre…

Sylvia baissa encore la voix et ajouta, d'un ton plus sérieux :

— Et surtout, elle a vraiment besoin de travailler, en ce moment, la pauvre…

Boris Corentin vit Arnaud toiser la fille qu'on lui proposait, laquelle gardait pudiquement les yeux baissés, comme si elle ne s'était pas rendu compte qu'on était en train de parler d'elle.

— Moui, elle a l'air pas mal… finit par dire Arnaud du bout des lèvres. Bon, parfait même, apportez-nous une bouteille à table, Sylvia, ça nous permettra de faire connaissance aussi agréablement que possible…

Les sourcils froncés, Boris le suivit des yeux, jusqu'à ce qu'il prenne place dans le fauteuil voisin de celui de Salomé, tandis que la barmaid déposait devant eux une bouteille de champagne dans son seau et deux flûtes.

Quelque chose ne collait pas. Depuis que le dénommé Arnaud était entré aux *Servantes d'Aphrodite*, Corentin avait la sensation que tout le monde s'était mis à jouer un rôle appris à l'avance.

Il était presque certain que la barmaid avait fait

semblant d'hésiter avant de proposer les services de Salomé.

Certain aussi qu'Arnaud avait feint l'indifférence à l'endroit de la jeune femme, laquelle savait que le nouvel arrivant serait pour elle.

Et puis, il y avait aussi ce qu'avaient dit respectivement Sonia et Sylvia, à quelques secondes d'intervalle.

« Elle a vraiment besoin de travailler, en ce moment, la pauvre... » avait murmuré cette dernière, laissant entendre que son hôtesse était particulièrement dans le besoin, voire au bord de la misère.

Sauf que, moins d'une minute avant, Sonia, en parlant de la même Salomé, avait déclaré : « Elle est très sélective dans le choix de ses partenaires. Elle peut se le permettre, remarque, vu qu'elle ne doit pas avoir trop besoin de fric, elle. »

Il y avait quelque chose qui ne collait vraiment pas, dans ce petit manège. Mais quoi ?

Faute de trouver une explication convaincante, Corentin allait passer à autre chose, lorsque la première remarque faite par Sonia lui revint à l'esprit. Il prit la main de la jeune femme, la porta à ses lèvres, l'embrassa en y mettant le plus de passion possible, et lui murmura d'une voix qui se voulait indifférente :

— Au fait, je n'ai pas bien compris ce que tu voulais dire, tout à l'heure...

Sonia releva le sourcil droit :

— Ce que j'ai dit tout à l'heure ? Moi ? Mais qu'est-ce que j'ai dit ?

Corentin désigna Arnaud d'un petit mouvement de la tête :

— Quand ce jeune type est entré ici, tu as dit : « Tiens ! ça ne m'étonne pas qu'il rapplique, celui-là ! » Comme si tu t'attendais à le voir débarquer. J'aimerais bien savoir pourquoi : tu es voyante extralucide, ou quoi ?

Il avait pris un ton volontairement badin, afin de ne pas risquer d'éveiller un quelconque soupçon chez Sonia, qui lui faisait depuis le début l'effet d'une fille pas idiote, et même plutôt futée.

Elle parut contrariée qu'il lui rappelle cette phrase, et répondit d'une voix trop dégagée pour sonner complètement juste :

— Mais non, je ne suis pas voyante ! C'est juste qu'il vient souvent, c'est tout…

Il y eut du mouvement sur leur gauche et, du coin de l'œil, Boris vit Salomé et son client se lever. Elle prit le seau à champagne, lui les deux flûtes, et il se dirigèrent vers le salon.

Moins de cinq minutes après avoir commencé à « faire connaissance ».

Ce départ un peu rapide confirma Corentin dans ce qu'il pensait : ce couple avait fait semblant de ne pas se connaître. Et Sylvia était docilement entrée dans leur jeu, parce qu'elle en savait déjà les règles.

Boris décida de lancer un coup de sonde en direction de Sonia. En se disant qu'après tout il ne risquait pas grand-chose.

— Tu sais ce que je pense ? dit-il assez doucement pour ne pas être entendu par Sylvia, derrière le bar. Eh bien, je pense que ta Salomé n'est pas plus hôtesse que moi. Et que tu le sais très bien ! Sinon, pourquoi est-ce que tu m'aurais dit qu'elle ne devait pas avoir besoin de fric ?

Durant un bref instant, Boris Corentin crut voir une lueur de panique zébrer les grands yeux noirs de Sonia. Mais elle se reprit aussitôt, et répondit, sans le regarder en face :

— C'est stupide, ce que tu dis ! Aucune fille ne viendrait travailler ici si elle n'avait pas besoin de fric ! Tu as dû mal comprendre ce que j'ai dit, c'est tout...

Elle mentait, c'était évident. Boris décida de tenter une dernière carte.

— Oh, et puis après tout, garde tes petits secrets pour toi ! D'ailleurs, au fond, je m'en contrefiche de vos manigances ; ce n'est pas mon problème. Sauf que, maintenant, je me sens aussi con que doivent l'être tous les mecs à qui tu fais ton numéro de charme... Quand je pense que j'ai même failli te proposer un dîner en tête à tête, à toi qui disais que tu aurais préféré qu'on se rencontre ailleurs...

Sonia releva brusquement la tête vers lui. Une lueur de convoitise brillait dans son regard et un léger sourire, encore un peu incrédule, flottait sur ses lèvres brillantes.

— C'est vrai ? murmura-t-elle. Tu voulais vraiment m'inviter à dîner ? Je veux dire, en... en...

Visiblement, le mot qui lui brûlait la langue n'arrivait pas à sortir. Et elle dut faire un violent effort sur elle-même, pour réussir à finir sa phrase, tandis que ses yeux se détournaient malgré elle de Boris :

— En... amoureux ?

Corentin prit un air dépité et haussa les épaules :

— Ben oui. Figure-toi que j'ai cru qu'on pourrait avoir des choses à se dire, toi et moi ! Et puis, à la première question que je te pose, tu m'expédies avec un bobard que même un enfant de dix ans n'aurait pas avalé ! Alors, franchement, après ça...

Corentin laissa sa phrase en suspens, avec un geste vague de la main, et regarda ostensiblement ailleurs. Comme pour dire que, pour lui, l'affaire était réglée.

Du coin de l'œil, pourtant, il observait Sonia. Qui semblait partagée entre deux sentiments violents et contradictoires. Finalement, ses épaules s'affaissèrent légèrement, elle poussa un petit soupir, avant de murmurer :

— Après tout, j'en ai rien à faire, de leurs petites combines ! Oui, tu as raison : Salomé n'est pas vraiment hôtesse. C'est une bourge friquée qui vient ici se payer des petites sensations fortes en jouant les filles à vendre. Et c'est vrai aussi qu'elle et Arnaud se connaissent, puisqu'il arrive toujours un peu après elle, et qu'ils disparaissent ensemble au salon à chaque fois. Je suppose que la maison doit y trouver son compte, même si, maintenant que j'y pense, je n'ai jamais vu ni l'un ni l'autre payer quoi que ce soit à Sylvia...

Boris Corentin resta un moment silencieux, les sourcils légèrement froncés. Il ne voyait pas, *a priori*, en quoi ce que venait de lui dire Sonia pouvait être important, mais son instinct de policier d'élite lui disait que ça méritait sûrement d'être approfondi.

Sonia sauta au bas de son tabouret, pressa son corps fiévreux contre les siens et posa carrément sa main sur le devant de son pantalon.

— Et maintenant, j'ai droit à une récompense, non ? Si tu commandais une bouteille à Sylvia et qu'on allait la boire au salon ?

Sa voix se fit plus chatte, tandis qu'elle accentuait la pression de ses doigts sur la protubérance que Boris ne pouvait empêcher de se former au bas de son ventre :

— Et puis, surtout, je meurs d'envie de faire connaissance avec le superbe engin que je sens, là...

Boris Corentin se mordit légèrement la lèvre inférieure. Qu'est-ce qu'il pouvait répondre à ça ?

Certainement pas qu'il était flic et que son sens de la déontologie lui interdisait de faire l'amour à une fille vendant ses charmes dans un bar à hôtesses.

Lui expliquer que, par principe, il n'avait jamais payé une fille pour obtenir ses faveurs aurait sûrement été inefficace, dans la mesure où Sonia semblait toute disposée à se donner à lui gratuitement.

Alors, il opta pour la plus simple des excuses, qui avait en plus le mérite d'être vraie.

— Ce sera pour une autre fois, ma belle, dit-il sur un ton désolé. En fait, tout à l'heure, je suis entré ici par hasard, en attendant un rendez-vous. Mais maintenant, il faut vraiment que j'y aille : j'ai rendez-vous à la brasserie *Les Fontaines* depuis déjà cinq bonnes minutes.

Il descendit de son tabouret, prit le visage de Sonia entre ses mains, et déposa sur ses lèvres un baiser qui lui fit fermer les yeux de plaisir.

— Mais mon invitation à dîner tient toujours, tu sais... murmura-t-il ensuite à son oreille.

— Demain, tu pourrais ? demanda-t-elle d'une voix pleine d'espoir. Le mercredi, je ne fais que l'après-midi, ici, parce que c'est le jour le plus creux. Passe me prendre vers sept heures, d'accord ?

— OK, se hâta de lui assurer Boris. Si jamais j'avais un empêchement, je t'appelle ici avant...

Il demanda sa note à Sylvia, fit la grimace en constatant que ses deux bières plus les deux coupes de Sonia lui coûtaient la bagatelle de quatre cent quatre-vingt francs, paya sans discuter, et se dirigea vers l'escalier, non sans avoir rendu à Sonia le baiser qu'elle quémandait littéralement.

En haut des marches, la vieille dame un peu voûtée qui tenait le vestiaire tricotait paisiblement, comme si elle ignorait tout des activités qui se pratiquaient quelques marches plus bas.

Elle lui tendit son blouson de cuir marron avec un sourire, et lui souhaita une bonne fin de journée d'une voix tout à fait charmante.

Dehors, il pleuvait toujours, et Boris Corentin releva machinalement le col de son blouson. Heureusement, il n'avait pas très loin à aller, pour l'instant : la brasserie *Les Fontaines* se trouvait sur la place Georges-Pompidou, juste en face de lui.

D'un pas rapide et souple, il contourna les jets

d'eau du centre de la place, après être passé devant l'entrée monumentale et hideuse du *Evergreen Laurel hotel*, un immense complexe hôtelier, aussi cher que laid, construit tout récemment par une société sud-coréenne, et où les gens travaillant dans le quartier ne voyaient jamais entrer que des Asiatiques, par cars entiers.

Il était encore à une dizaine de mètres de l'entrée de la brasserie, quand il repéra à l'intérieur, installé à une petite table tout contre la vitre, Aimé Brichot.

Comme son coéquipier avait prévu de retourner aux *Servantes d'Aphrodite* pour y interroger la barmaid et la fille qui avait découvert le corps gelé de Clémentine Souveyrac, ils étaient convenus de se retrouver ici avant, de façon à ce que Corentin puisse mettre Brichot au courant des résultats de sa visite incognito.

Fouetté par la pluie qui tourbillonnait dans cette place ronde, presque entièrement fermée sur elle-même, Boris Corentin s'engouffra à l'intérieur du bistrot. Sans accorder la moindre attention à l'homme qui avançait dans sa direction, venant de la rue Anatole-France, à moins de cinq mètres de lui.

Un homme massif, très brun, et doté d'un véritable cou de taureau.

*

* *

Luigi Parmini s'apprêtait à obliquer sur la droite, pour traverser la place par le milieu, en direction de son restaurant.

Au dernier moment, juste avant de se détourner, son œil enregistra la présence d'une silhouette vaguement familière, et il tourna finalement la tête à gauche, pour mieux voir de qui il s'agissait, pensant avoir affaire à un ami qui ne l'aurait pas vu.

Il l'identifia immédiatement et haussa les épaules : ce n'était que le type, plutôt beau gosse, qui, tout à l'heure, prenait une bière avec Sonia, au bar des *Servantes d'Aphrodite*. Rien d'intéressant.

Par simple réflexe, Luigi Parmini le suivit quand même des yeux, tandis qu'il entrait aux *Fontaines*, et se dirigeait sans hésitation vers la partie gauche de la brasserie.

Il le vit, de l'autre côté de la vitrine dégoulinante de pluie, donner une petite tape sur l'épaule d'un type assez maigrichon, au crâne dégarni, à moitié adossé à la vitrine, avant de s'asseoir en face de lui.

Du coup, l'autre se remit d'aplomb sur sa chaise, et Luigi Parmini sentit la sueur se mettre à couler dans son dos, malgré la fraîcheur de la température ambiante.

Le petit chauve maigrichon, il le reconnaissait parfaitement, lui aussi. Il se souvenait même de son nom.

Aimé Brichot.

Capitaine de police Aimé Brichot, de la Brigade Mondaine ; le même qui était venu l'interroger le matin même.

Pour Luigi Parmini, la conclusion était simple : ça voulait dire que l'autre type, le beau gosse, à présent en grande discussion avec Aimé Brichot, était également un flic de la Brigade Mondaine.

Un flic qui avait jugé bon de venir aux *Servantes* incognito en se faisant passer pour un client.

L'Italien s'empressa de faire demi-tour avant que les deux policiers n'ait le temps de remarquer sa présence, et fonça en direction de son bar, sans passer par le restaurant.

Après avoir ouvert la porte avec sa clé personnelle, il dévala l'escalier, sous l'œil étonné de la tricoteuse du vestiaire.

Il devait absolument savoir avec qui le beau gosse avait pu parler, et ce qu'il avait dit, ou demandé.

Il déboucha dans la salle principale, au moment précis où Geneviève Cocherel, le rouge aux joues, et Arnaud de Laroche-Gaillard, les jambes quelque peu flageolantes, sortaient du salon pour rejoindre le bar. Parmini fonça droit sur eux, ou plus exactement sur elle.

Il ouvrait déjà la bouche pour parler, mais il se ravisa et se tourna vers Sylvia :

— Sois gentille, ma chérie : monte au restau et dis aux gars que je suis là-haut dans cinq minutes…

La barmaid le dévisagea d'un regard noir :

— Si tu montes dans cinq minutes, c'est peut-être pas la peine que je me déplace…

— Fais ce que je te dis, merde ! gronda Parmini, l'air mauvais.

Dès que Sylvia eut décampé, Parmini raconta à Geneviève Cocherel la rencontre fortuite qu'il venait de faire.

— Et alors ? fit celle-ci d'un ton serein, quand l'Italien eut terminé. Ils vont, ils viennent, ils fouinent :

ils font leur boulot de flic, c'est tout ! Dans un jour ou deux, ils n'y penseront même plus. Vous vous inquiétez vraiment pour rien, mon pauvre Luigi !

— Pour rien ? intervint alors l'héritier de Laroche-Gaillard, d'une voix blanche. Mais enfin, Geneviève, tu perds la raison ou quoi ? Tu te rends compte que ce type est un flic, et qu'il nous a fatalement vus tous les deux !

La jeune femme haussa les épaules et toisa son amant d'un regard un peu méprisant :

— Et alors ? répéta-t-elle. Il est flic, Arnaud ! Et de la Brigade Mondaine, encore ! Par conséquent, qu'est-ce que ça peut lui faire que deux adultes majeurs et vaccinés viennent s'envoyer en l'air ici. Lui, au moins, il ne nous fera pas chanter. Non, franchement, tous les deux, vous avez vraiment des nerfs de femmelettes !

Arnaud s'éloigna lentement en direction de l'escalier, la démarche mal assurée et la poitrine oppressée par un poids à peine supportable.

Le piège...

Les mâchoires qui se refermaient, lentement mais inexorablement...

Et Geneviève, complètement inconsciente, qui refusait de voir la réalité en face...

Si elle continuait à refuser d'employer des méthodes énergiques pour éloigner ces maudits flics de cette malencontreuse affaire de fille étouffée, il allait y avoir du grabuge, c'était sûr.

Et la première victime, ce serait lui, Arnaud de Laroche-Gaillard, héritier en titre d'un véritable empire économique, immense et florissant !

Soudain, alors qu'il allait gravir la première marche, Arnaud s'immobilisa, les pupilles dilatées et un sourire figé sur ses lèvres minces.

Les yeux dans le vague, il se frappa légèrement le front : comment est-ce qu'il n'y avait pas pensé plus tôt ?

Bien sûr, c'était évident : il y avait un excellent moyen de détourner les soupçons de Geneviève, et surtout de lui.

Un moyen risqué, sans doute, mais d'une efficacité imparable.

Et c'était à lui, à lui seul, de le mettre en œuvre, le plus vite possible.

Avant que tout ne bascule dans le cauchemar.

CHAPITRE VI

Les yeux dans le vague, Sylvia Tournières essuyait du même mouvement machinal un gros cendrier de bar, sec depuis déjà plusieurs minutes.

Il était presque sept heures du soir. Le moment de la journée que Sylvia préférait, pour plusieurs raisons.

D'abord parce que c'était l'heure creuse. Les clients de l'après-midi étaient rentrés, retrouver leur épouse légitime, ou leur petit appartement de célibataire, où ils étaient accueillis par leur chat qui venait se frotter dans leurs jambes en miaulant.

Du moins, c'est comme ça que Sylvia se les imaginait, ses « messieurs » de l'après-midi : debout dans la cuisine, devant l'évier encombré de vaisselle sale, occupés à ouvrir une boîte de Ronron ou de Kitekat, avant de se faire réchauffer le restant de tambouille de midi.

Mais, en même temps, elle se rendait compte que sa vision des choses était peut-être un peu caricaturale, un peu trop misérabiliste.

Quant aux clients du soir et de la nuit, on ne les verrait pas rappliquer avant au moins deux heures, pour les plus pressés. À cette heure-ci, la plupart devaient encore être au boulot. Après, ils iraient dîner en ville, ils boiraient un peu trop, ce qui, en sortant de table, leur donnerait des envies de tendresse féminine.

Et, du coup, comme un animal qui reprend toujours la même piste à travers la forêt, ils retrouveraient instinctivement le chemin qui les conduirait aux *Servantes d'Aphrodite*.

Mais, pour l'instant, le bar était tranquille. Toutes les hôtesses étaient sorties pour dîner, à l'exception d'Alexandra et de Sybille, que Sylvia avait gardées « en réserve », au cas où d'improbables clients se pointeraient quand même. Ces deux-là iraient manger quand leurs copines seraient revenues du *Foctak*, le chinois de la place Georges-Pompidou, d'ici une heure à peu près.

Sylvia reposa enfin son cendrier sur le comptoir, et entreprit de rincer les trois verres qui attendaient dans le bac en inox de l'évier.

Dans son dos, la mini-chaîne stéréo, installée entre deux rangées de bouteilles d'alcools multicolores, toujours « calée » sur la même fréquence FM, avait pour un moment cessé de diffuser ses sempiternelles chansons françaises, et diffusait *Libertango*, un morceau d'Astor Piazzola, joué par Richard Galliano à l'accordéon et Michel Portal au bandonéon. Les sonorités graves et profondes des deux instruments qui se répondaient et entrecroisaient leurs lignes mélodiques, répandaient dans le bar, pratiquement désert et silencieux, une atmosphère de rêverie mélancolique.

Sylvia avait une autre raison, moins professionnelle, d'aimer cette plage de répit entre le travail de l'après-midi et le « coup de feu » de la soirée.

C'était en général à ce moment-là que Luigi Parmini descendait de son restaurant pour passer un moment avec elle. En principe dans le but de faire le point sur les commandes à effectuer pour la journée du lendemain. Mais en fait...

Une brusque bouffée de chaleur fit rosir les pommettes pâles de Sylvia, et, instinctivement, sans même en avoir totalement conscience, elle serra ses cuisses pleines l'une contre l'autre, en se mordillant la lèvre inférieure.

Par association d'idées, elle tourna la tête vers le bout du comptoir, un pli de contrariété barrant horizontalement son front blanc.

Bernhard, après avoir sorti les caisses de bouteilles vides du restaurant, comme Parmini le lui avait ordonné, était revenu se planter là, comme une sentinelle guettant l'arrivée possible de l'ennemi. Il buvait ses bières l'une à la suite de l'autre, l'air buté, un regard mauvais planté quelque part au fond du verre.

— Dis-moi, Bernhard, fit soudain Sylvia, en s'efforçant de prendre une voix aussi aimable que possible, tu ferais peut-être bien d'aller manger un morceau, non ? Ne serait-ce que pour éponger les bières que tu viens de t'enfiler...

Elle fut totalement prise au dépourvu par la réaction aussi soudaine que violente de son amant. Comme si l'Autrichien, depuis plus de deux heures, n'attendait que le premier mot de sa maîtresse pour exploser.

— C'est ça, essaie donc de te débarrasser de moi ! gronda-t-il, avec un accent guttural que la colère ne faisait que renforcer. Tu crois que je ne comprends pas ? Tu me prends vraiment pour un con, c'est ça ?

Sylvia leva les yeux au plafond et poussa un profond soupir de découragement.

— Voyons, Bernhard, ce n'est pas la peine de te mettre dans des états pareils, c'est pour toi que je disais ça, murmura-t-elle d'une voix trop douce, qui ne fit que multiplier la rage de son amant par deux ou trois.

— Et d'abord, arrête de me parler comme si j'étais un gosse irresponsable ou débile ! cria-t-il, la bouche déformée et les yeux étincelants. Tu crois que je ne vois pas clair dans ton manège ? Tout ce que tu veux, c'est que je me tire d'ici pour pouvoir te faire sauter tranquillement par Luigi, comme une truie que tu es !

Sylvia se cabra sous l'insulte, releva la tête et plongea ses yeux noirs dans ceux de son amant, larmoyants et injectés de sang.

— Maintenant ça suffit, Bernhard ! se mit-elle à crier, tandis que les deux hôtesses « de garde », Alexandra et Sybille, battaient prudemment en retraite en direction du salon. Qui tu es pour me parler sur ce ton ?

L'Autrichien se détacha du comptoir et fit un pas dans la direction de Sylvia, qui recula instinctivement.

— Qui je suis ? éructa-t-il, en envoyant deux ou trois postillons droit devant lui. Je suis l'homme qui partage ta vie ! Tu l'as oublié ?

— Pour ce qu'on partage... fit Sylvia en sourdine.

— Je suis un homme qui en a marre d'être pris pour un con ! continua Bernhard sur sa lancée. Un type qui n'en peut plus de voir sa femme se laisser tripoter et fourrer par n'importe qui comme la dernière des putains ! Alors, maintenant, je te dis que ça suffit ! Et je veux que tu démissionnes immédiatement de ce bar de merde, tu m'entends ? Dès ce soir !

Sylvia le regarda durant une ou deux secondes d'un œil incrédule, presque inquiet, puis elle éclata de rire, la tête rejetée en arrière.

— Mon pauvre Bernhard ! finit-elle par dire quand son rire se fut calmé. Tu veux que je démissionne ? D'accord, je ne demande pas mieux, moi ! Et on peut savoir quel est ton plan pour nous faire vivre tous les deux ?

La question coupa Bernhard Hochwald net dans son élan. Il resta immobile, la bouche ouverte et les yeux fixes.

— Eh bien, tu vois ! triompha Sylvia. Donc, tant que monsieur ne sera pas capable de subvenir à nos besoins, il me laissera faire ce que je veux ! Et entretenir les rapports qui me plaisent avec les gens pour qui je travaille, d'accord ? Et si ça me plaît, à moi, de me faire tripoter, comme tu dis, par Luigi, c'est mon problème, d'accord ?

Sylvia comprit trop tard qu'elle venait de pousser le bouchon un peu loin.

Avant qu'elle ait eu le temps d'esquisser le moindre mouvement de protection, Bernhard était sur elle et la giflait à toute volée.

— Espèce de salope ! gronda-t-il d'une voix méconnaissable. Tu vas voir comment je traite les putains de ton espèce !

Il leva la main pour la seconde fois et l'abattit en direction du visage de Sylvia.

Mais sa main n'atteignit pas sa joue.

Simplement parce qu'une autre main lui avait saisi le poignet une fraction de seconde plus tôt et, avec une force irrésistible le lui tirait en arrière.

— Alors, comme ça, non content d'être inutile et minable, on se met à devenir violent, maintenant ! dit une voix ironique et calme, celle de Luigi Parmini qui avait débouché juste à temps de l'escalier du restaurant.

Il repoussa violemment l'Autrichien contre le bar et le contempla avec une moue de mépris :

— Mon pauvre vieux, tu ne seras donc jamais qu'une loque !

Avec une vélocité et une souplesse étonnantes pour un homme de sa corpulence, Luigi Parmini fit un bond en avant, saisit Bernhard Hochwald par les revers de son blouson de cuir à gros clous argentés, et le souleva littéralement du sol, alors que l'Autrichien mesurait bien dix centimètres de plus que lui.

— Tu sais ce que je devrais faire ? siffla l'Italien entre ses dents serrées. Je devrais te balancer sur le trottoir comme la pauvre merde que tu es ! D'ailleurs, il suffirait que Sylvia me dise de le faire, et je peux te garantir que plus jamais tu ne refoutrais tes sales pieds chez moi !

— Sylvia est à moi ! gronda Bernhard, quand

Parmini l'eut laissé retomber. Et je vous interdis de vous approcher d'elle ! De toute façon, je ne remettrai plus les pieds ici, vous avez raison. Mais Sylvia non plus, parce qu'elle est décidée à ne plus travailler une minute de plus pour le porc que vous êtes ! Allez, viens, *mein liebling,* on se tire de ce bouge...

Hochwald fit un pas en direction de l'escalier, puis se retourna et tendit la main vers Sylvia en un geste impatient, pour lui ordonner de le suivre.

Au lieu de ça, la barmaid s'approcha de Luigi Parmini, se serra contre lui, allant même jusqu'à passer son bras nu autour de sa taille épaisse. Puis, en regardant son amant droit dans les yeux, elle articula d'une voix parfaitement calme, en détachant bien les syllabes :

— Tu peux partir si tu veux, Bernhard, tu es parfaitement libre. Mais moi, je reste ici. Avec Luigi...

L'Autrichien refit un pas en sens inverse. Les deux autres virent ses mâchoires se crisper, ses yeux s'injecter de sang encore un peu plus, et ses poings se fermer avec une telle force que les jointures devinrent toutes blanches.

Doucement, Luigi Parmini repoussa la barmaid, et écarta légèrement ses jambes massives.

Pour être en mesure de supporter l'assaut de son rival, qu'il devinait imminent.

Mais, au lieu de bondir en avant, le grand corps maigre de l'Autrichien s'affaissa sur lui-même, ses épaules se voûtèrent, et il abattit ses deux poings sur le comptoir en émettant une sorte de râle, venu du plus profond de sa gorge.

— Bon ! Te voilà redevenu raisonnable ! grommela Parmini, en se détendant à son tour. Je préfère ça, franchement. Écoute, je ne veux pas ta mort, moi. Luigi Parmini est un brave homme, tout le monde te le dira ! Seulement, je ne veux pas d'emmerdes chez moi, tu piges ? Alors, tu peux continuer à venir perdre ton temps ici, je veux même bien que tu continues à t'imbiber de bière à mes frais. Mais je ne veux plus entendre la moindre remarque de ta part, concernant Sylvia et moi, d'accord ?

L'Italien s'avança vers son rival malheureux et lui tapota l'épaule presque gentiment :

— Bon, eh bien, puisqu'on est redevenus copains, toi et moi, tu vas surveiller le bar, pendant que, Sylvia et moi, on va s'occuper des commandes, OK ? Si les filles rappliquent avant qu'on ait fini, dis-leur que je ne veux pas être dérangé, c'est vu ?

Bernhard ne répondit rien. Ses yeux larmoyants semblaient fixer un point invisible, très loin derrière la glace du comptoir.

Poussant littéralement sa barmaid devant lui, Parmini se dirigea vers le vestiaire des hôtesses. Juste avant de s'y engouffrer, il se retourna vers le bar avec un petit sourire hautain, et laissa tomber :

— Ah ! j'oubliais : histoire de tuer dans l'œuf d'éventuelles mauvaises tentations de ta part, je te signale que je sais exactement combien de fric il y a dans la caisse !

Bernhard ne répondit rien, et s'appliqua à rester rigoureusement immobile. Tout en sachant, au plus profond de lui-même, que personne n'était dupe de sa prétendue indifférence.

Il fut secoué par un frisson incontrôlable, en entendant la voix de « sa » femme, dans le vestiaire des filles, demander :

— Tu ne fermes pas la porte ?

Et Luigi répondre, d'un ton goguenard :

— Mais non, pour quoi faire ? Je suis chez moi, ici, et je n'ai rien à cacher !

Bernhard, les yeux désespérément fixés au-delà de la glace du comptoir, n'eut pas à attendre longtemps, avant d'entendre ce qu'il redoutait le plus. Tout en sachant très bien que ça allait se produire. Que ça ne pouvait que se produire.

Ce fut d'abord un petit rire à peine audible, suivi d'un soupir un peu plus appuyé.

Là, Bernhard réussit à ne pas tourner la tête.

Puis, il y eut comme un froissement d'étoffe et le grincement feutré d'une fermeture à glissière que l'on descend. Deux bruits qui lui vrillèrent le crâne aussi douloureusement qu'un hurlement perçant.

Sans qu'il puisse rien faire pour les retenir, Bernhard sentit que ses yeux obliquaient vers la droite, en direction de la porte entrebâillée du vestiaire.

Il déclara forfait au moment où un grognement mâle vint résonner à ses tympans : il tourna carrément la tête.

La vision qui transperça alors ses pupilles dilatées, pour aller s'imprimer sur ses rétines, lui fit monter une bouffée de chaleur intense à la tête, tandis que, dans le même temps, une coulée de sueur glacée dévalait le long de sa colonne vertébrale.

Ils étaient là, juste dans son angle de vision, soigneusement placés de profil par rapport à l'entrebâillement de la porte.

Luigi Parmini était debout, les fesses appuyées contre le rebord de la table dont les filles se servaient pour se remaquiller.

Sylvia était accroupie devant lui, les yeux levés. Le sourire gourmand que Bernhard lut sur ses lèvres lui fit l'effet d'un coup de poing au sternum.

Ce qui n'était encore rien comparé à ce qu'il ressentit lorsqu'il vit sa maîtresse plonger ses doigts aux ongles rouge sang à l'intérieur du pantalon dont elle venait de descendre la fermeture Éclair.

Bernhard crut que son cœur allait exploser dans sa poitrine, quand il vit Sylvia ramener à l'air libre un sexe énorme, brun foncé, tendu à se rompre.

Et qu'avec un ronronnement de chatte heureuse elle le prit lentement dans sa bouche, le faisant coulisser centimètre par centimètre entre ses lèvres humides.

L'Autrichien planta violemment ses coudes sur le comptoir et se prit la tête entre les mains. Il ne voulait pas voir ça. Il ne le pouvait pas. C'était au-dessus de ses forces.

Pourtant, lorsque des raclements de semelles lui indiquèrent qu'il se produisait du mouvement dans le vestiaire, il ne put s'empêcher de relever la tête et de la tourner en direction de la porte.

Le couple était toujours dans l'entrebâillement. Mais il avait effectivement changé de position.

À présent, c'est la jeune femme qui avait posé ses fesses sur le rebord de la table.

Elle avait également roulé sa jupe autour de ses

reins, tandis que Parmini, accroupi devant elle, le visage encore plus rouge que d'habitude, faisait descendre sa culotte blanche le long de ses jambes qui tremblaient d'impatience.

Bernhard eut une sorte de hoquet misérable en voyant le mufle de l'Italien s'enfouir en grognant entre les cuisses ouvertes de Sylvia, et sa langue plonger dans le mystère doré et touffu qui protégeait le bas de son ventre palpitant.

Mais le plus atroce, c'était de voir le sourire extatique de « sa » femme, ses yeux révulsés par le plaisir qu'elle prenait à se sentir ainsi fouiller par la langue épaisse et brûlante de Luigi Parmini.

— Viens ! implora-t-elle au bout de quelques poignées de secondes, en empoignant l'Italien par les épaules. Prends-moi, maintenant ! Mets-moi ton gros machin jusqu'au fond de ma chatte !

Chacun des mots qu'elle prononçait s'enfonçait dans la chair de Bernhard Hochwald comme un fer chauffé à blanc.

Il crut qu'il allait devenir fou et se mettre à hurler sans plus jamais pouvoir s'arrêter.

Il eut encore le temps de voir Parmini se redresser, empoigner Sylvia par les hanches, et, d'un seul coup de reins, rapide, puissant, la pénétrer jusqu'à la garde, comme elle venait de le supplier de le faire.

Alors, Bernhard Hochwald se sentit submergé par une haine dure et brûlante.

Il parvint à s'arracher au comptoir, au bord duquel ses doigts s'étaient agrippés sans qu'il en ait conscience.

Il s'éloigna en titubant vers l'escalier, poursuivit par les cris de plus en plus rauques, de plus en plus rapprochés et saccadés de Sylvia, qui haletait sous les coups de boutoirs de son amant.

De son désormais unique amant.

À mi-chemin du bar et de l'escalier, Bernhard fut trahi par ses jambes, et il se laissa tomber dans le fauteuil le plus proche.

Durant quelques secondes, il se dit qu'il allait crever là, tout seul, dévoré de l'intérieur par la jalousie et la haine qui lui mordaient les entrailles.

Et le plus atroce, c'est qu'il ne parvenait même pas à déterminer ce qui lui faisait le plus mal : avoir perdu définitivement Sylvia, ou l'avoir vu hoqueter de plaisir sous les coups de boutoir de Parmini... ou découvrir que l'Italien possédait une virilité deux fois plus fière et importante que la sienne ?

Il parvint à se remettre debout, et reprit sa marche d'ivrogne vers l'escalier, tandis qu'un sourire halluciné prenait naissance sur ses lèvres violacées.

Qu'ils prennent du bon temps, ensemble ! Qu'ils en profitent bien ! Et surtout, qu'ils en profitent vite ! Car lui, Bernhard Hochwald, il allait se venger, à la fois de Sylvia et de Parmini.

Et, cette fois-ci, il était déterminé à ne leur laisser aucune chance de s'en tirer.

CHAPITRE VII

Boris Corentin et Aimé Brichot échangèrent un regard quelque peu désabusé. Ils n'avaient même pas besoin de se parler pour comprendre qu'ils pensaient exactement la même chose.

À savoir que, depuis environ une heure, ils étaient en train de perdre leur temps. Il était déjà près de onze heures, ce mercredi matin, et ils n'avaient pas encore récolté la moindre information intéressante, concernant Clémentine Souveyrac, la fille retrouvée morte, un peu moins de quarante-huit heures plus tôt, dans la chambre froide des *Servantes d'Aphrodite*.

Juste après la visite incognito que Corentin avait effectuée, la veille, dans le bar à hôtesses, Brichot s'y était rendu à son tour, « ès qualités », lui, afin d'y interroger Véronique Houlbec, alias Sonia, puisque c'était elle qui avait parrainé, en quelque sorte, Clémentine.

Mais, à part lui confirmer qu'avant d'être au chômage, Clémentine Souveyrac travaillait bien comme salariée pour Les Sept-Voiles, la société de construction navale dont le siège se trouvait à Levallois, Sonia ne lui avait rien appris de probant sur la victime, dont elle n'était qu'une simple copine de palier.

Du coup, Corentin et Brichot avaient décidé de se rendre, dès le lendemain matin, au siège social des Sept-Voiles, afin d'y interroger toutes les personnes qui avaient connu Clémentine Souveyrac.

Dans l'espoir de découvrir au moins l'amorce d'un motif pour lequel on aurait pu vouloir supprimer la pauvre fille, dont l'existence semblait pourtant parfaitement anodine, pour ne pas dire incolore et sans saveur.

Et là, installés dans un petit bureau vide par l'assistante de la directrice des ressources humaines, ils venaient d'interroger la dernière des quatre filles qui avaient travaillé avec Clémentine Souveyrac.

Sans avoir quoi que ce soit d'intéressant à se mettre sous la dent.

Ses ex-collègues avaient toutes tracé le même portrait de la victime : fille calme, posée, bosseuse, à la vie apparemment très rangée, presque banale.

Ce qui, évidemment, ne faisait pas vraiment les affaires des deux limiers de la Brigade Mondaine. Parce que découvrir le responsable d'un meurtre, quand on n'arrive déjà pas à en imaginer le mobile…

— J'ai comme l'impression qu'on s'est dérangés pour rien, marmonna Aimé Brichot en tripotant la pointe droite de sa moustache, résumant ainsi leur sentiment commun. Qu'est-ce qu'on fait, maintenant ?

Boris Corentin se leva de sa chaise à montants métalliques, et haussa les épaules d'un air excédé :

— Qu'est-ce que tu veux qu'on fasse, Mémé ? On va prendre congé gentiment et on se casse, voilà ce qu'on fait !

Ils sortirent de la pièce, empruntèrent le couloir sur leur droite, dont les murs blancs étaient décorés de photos de bateaux de plaisance, du plus petit au plus somptueux. Tous sortis des chantiers navals de la société Les Sept-Voiles, bien sûr.

Après avoir frappé deux coups restés sans réponse, Corentin se décida à ouvrir la porte du bureau de Patricia Simon, l'assistante de Geneviève Cocherel, qui s'était occupée de les recevoir et de les installer dans la pièce inemployée.

Au moment où les deux policiers entraient, ils virent une femme, de dos, à l'élégance classique, presque sévère, qui ouvrait la porte de communication intérieure.

En entendant du bruit derrière elle, la femme aux cheveux blond cendré se retourna pour voir qui entrait. Ses yeux clairs croisèrent ceux de Boris Corentin, qui reçut comme un choc étrange au creux de la poitrine.

L'espace d'une seconde, il eut la sensation d'avoir déjà rencontré cette femme ailleurs qu'ici.

Mais, quelque part dans le fond de son subconscient, il avait la certitude que leur première rencontre s'était passée dans des circonstances très différentes de celle d'à présent.

Et le plus troublant, c'est que, à la petite lueur qui s'était brièvement allumée dans les yeux de l'inconnue, Corentin avait eu l'impression qu'elle éprouvait exactement les mêmes sentiments que lui.

Il n'eut pas le temps d'approfondir : la femme les salua d'un bref et sec mouvement de tête, avant de disparaître dans le bureau adjacent.

— Qui est-ce ? demanda Boris à la secrétaire, avec un charmant sourire.

Elle prit une voix chuchotante et respectueuse pour lui répondre :

— Voyons ! mais c'est Mme Cocherel, la directrice des ressources humaines ! C'est elle qui m'a chargée de vous recevoir le mieux possible. J'espère que ça a été ?

— Très bien, nous vous remercions, se hâta de répondre Aimé Brichot, intrigué par l'attitude un peu rêveuse et le regard dans le vague de sa flèche. Du reste, nous étions justement venus vous prévenir que nous partions, et vous remercier pour votre aide.

— Je vous en prie... répondit Patricia Simon, avec un petit regard en coin vers Boris Corentin. Surtout n'hésitez pas à revenir si vous avez besoin...

Durant le temps que les deux policiers mirent à attendre l'ascenseur, puis à descendre les huit étages qui séparaient la DRH du grand hall d'accueil, Corentin ne desserra pas les dents une seule fois. Un silence pensif qu'Aimé Brichot, qui connaissait son Boris par cœur, se garda bien d'interrompre : visiblement, quelque chose le tarabustait, il fallait attendre que « ça » mûrisse...

Quand ils mirent le pied sur le trottoir détrempé de la rue Anatole-France, à moins d'une trentaine de mètres du pont de Levallois, la pluie avait encore redoublé, répandant sur les constructions futuristes qui envahissaient le quartier une lugubre impression de nuit, alors qu'il était à peine midi.

L'immeuble abritant Les Sept-Voiles devait être l'un des derniers construits du quartier, à en juger par ses alentours boueux, où nulle pelouse n'avait encore pu être semée.

— On a bien fait de ne pas se garer devant l'entrée, fit Aimé Brichot, en apercevant les deux contractuelles qui, malgré la pluie, étaient bravement occupées à dresser des contraventions aux deux voitures arrêtées là, à cheval sur le trottoir et sur le couloir réservé aux bus.

Avec un petit rire satisfait, Aimé Brichot désigna le nom de la société, inscrit en grosses lettres bleues sur la façade, puis de nouveau les deux « pervenches » :

— En fait, ce qu'elles nous font, là, c'est la « contredanse des sept voiles » ! Elle est bonne, non ?

Mais Boris Corentin ne riait pas. En entendant le jeu de mot de son coéquipier, il avait seulement tressailli.

Et maintenant, les lèvres légèrement entrouvertes et les yeux brillants, il frappait sa paume gauche de son poing droit, en répétant :

— Mais oui, c'est ça ! C'est elle ! Ça ne peut être qu'elle…

Brichot le considéra d'un œil vaguement inquiet :

— Dis voir, Boris, tu te sens bien, là ? Si mon humour te fait cet effet, je te promets d'arrêter, mais…

— Mémé, tu es un génie qui s'ignore ! s'exclama alors Corentin, en lui envoyant une légère bourrade à l'épaule. Grâce à ton mauvais jeu de mots…

— Merci quand même !

—… je viens de comprendre ce qui m'a paru bizarre – et pour cause ! – quand nous avons vu Geneviève Cocherel, il y a cinq minutes, dans le bureau de Patricia Simon.

— Pourquoi dis-tu « et pour cause » ? demanda Brichot, qui comprenait de moins en moins.

Sa flèche le prit par les épaules et le dévisagea avec un petit sourire de triomphe :

— Parce que, aussi invraisemblable que ça puisse paraître, la première fois que j'ai vu Mme Cocherel, elle jouait les hôtesses dociles aux *Servantes d'Aphrodite*, figure-toi !

Aimé Brichot regarda son vieux copain, avec le même air alarmé que s'il venait de lui annoncer froidement qu'il n'était autre que Jésus-Christ réincarné :

— Qu'est-ce que c'est que cette histoire à dormir debout, Boris ?

— Ce n'est pas une histoire à dormir debout, répondit Corentin plus calmement. Hier après-midi, quand j'ai fait ma petite visite au bar de Luigi Parmini, une femme en tailleur est entrée, est allée se changer au vestiaire des hôtesses, et a été rejoint par un faux client juste après.

— Comment ça : un faux client ?

Boris Corentin prit le temps d'allumer sa cigarette, en s'abritant de la pluie derrière ses deux mains réunies en conque.

— Ils jouaient à l'hôtesse et au client, si tu préfères, reprit-il. Ce que m'a ensuite confirmé la jeune Sonia, que tu connais aussi pour l'avoir interrogée. Elle m'a dit un truc du genre : « c'est une bourge qui vient se payer des frissons ici ».

Boris souffla un nuage de fumée bleutée vers le ciel plombé, avant de laisser tomber :

— Eh bien ! cette « bourge » qui prend son pied à jouer les hôtesses de bar, nous l'avons croisée tout à l'heure : c'est Geneviève Cocherel, directrice des ressources humaines de la société Les Sept-Voiles !

— C'est complètement dingue ! murmura Aimé Brichot. Mais, si tu l'as reconnue, comment ça se fait qu'elle ne t'ait pas reconnu, elle ?

Corentin haussa les épaules :

— Tu as vu comme il fait sombre, aux *Servantes d'Aphrodite* ? En plus, j'étais dans le recoin du bar, et elle n'a même pas dû remarquer ma présence. Quant à moi, je l'ai très mal vue, quand elle est arrivée habillée « en bourge », comme dirait Sonia. Sans toi et ce sens de l'humour si particulier que le monde entier t'envie, il est possible que je n'aurais même pas réussi à établir le rapprochement.

— Vois pas le rapport… grommela Brichot.

— C'est pourtant simple, rétorque Boris. Quand tu as parlé de la « contredanse des sept voiles », j'ai aussitôt pensé à un prénom : Salomé [1].

— Oui, c'est logique, admit Brichot. Et alors ?

---

1. Dans la Bible, Salomé danse pour son oncle, Hérode, et obtient de lui, en récompense, la tête du prophète Jean-Baptiste sur un plateau d'argent.

— Alors, Salomé était justement le nom de guerre de notre bourgeoise venue se payer des frissons aux *Servantes d'Aphrodite* ! Et Geneviève Cocherel dirige justement la DRH d'une société qui s'appelle Les Sept-Voiles. Les deux choses ont fait tilt dans mon esprit, grâce à ta petite astuce de langage, c'est tout.

Alors que Corentin et lui s'étaient mis à marcher en direction de la rue Thierry-Le-Luron, où était garée leur voiture de service, Aimé Brichot s'immobilisa soudain, au milieu du trottoir :

— Mais dis donc, Boris, je pense à truc, là...

— Je suppose que c'est au même truc que moi, enchaîna Corentin : on se plaignait de ne pas avoir de mobile pour l'assassinat de Clémentine Souveyrac, et voilà que maintenant, on en a un, et un excellent !

— Mais oui, c'est évident ! s'exclama Brichot, en remontant machinalement ses lunettes, aux verres constellés de gouttes de pluie. Geneviève Cocherel a très bien pu venir faire son petit numéro de fausse pute lundi dernier. Et là...

— Là, elle est tombée nez à nez avec une nouvelle hôtesse, Clémentine Souveyrac, ancienne salariée de son service, qui l'a aussitôt reconnue. Et qui, malheureusement pour elle, a dû avoir l'imprudence de le lui faire savoir, conclut Corentin d'une voix plus sombre.

— Mais, et lui, alors ? demanda soudain Aimé Brichot. Le faux client dont tu m'as parlé, qui a rejoint Geneviève Cocherel aux *Servantes*, il est peut-être complice, non ? Si ça se trouve, il bosse également aux Sept-Voiles...

— Peut-être, répondit Corentin. Lui, je l'ai un peu mieux vu, je pense que je n'aurais aucun mal à l'identifier si je le rencontrais…

Boris Corentin eut un petit sursaut, et ajouta d'une voix vibrante d'excitation :

— Si je le rencontrais… ou si je le voyais en photo. Viens, Mémé, on y retourne !

Cinq minutes après, ils pénétraient de nouveau dans le grand hall de l'immeuble abritant Les Sept-Voiles. Boris Corentin fonça droit vers la petite blonde mignonne qui faisait office d'hôtesse d'accueil, dans un uniforme bleu ciel qui ne parvenait pas à l'enlaidir :

— Mademoiselle, pouvez-vous me dire où se trouvent les services généraux, je vous prie ?

Avec un charmant sourire, la blonde – dont le badge de poitrine disait qu'elle s'appelait Corinne – désigna la double porte ouverte, dans un renfoncement du mur, à sa gauche :

— Juste là…

Boris Corentin désigna les tourniquets métalliques que l'on ne pouvait ouvrir qu'avec un badge électronique, dont chaque employé de la société semblait muni :

— Ce sont bien eux qui établissent les badges qui permettent d'entrer et de sortir ?

— Mais oui ! Vous n'avez qu'à voir M. Fauconnier, premier bureau à droite après l'entrée : c'est lui qui gère les badges.

— « C'est lui qui gère les badges », répéta Aimé Brichot d'un ton outré, dès qu'ils se furent éloignés du comptoir d'accueil. Tu sais que ça commence à me gonfler, cette manie moderne de remplacer systématiquement un mot simple par un autre pompeux ? À propos, Boris, je peux savoir ce qu'on est censé lui vouloir, à ce M. Fauconnier qui a la lourde tâche de « gérer » les badges ?

— Pas compliqué, répondit Corentin, en franchissant l'entrée des services généraux. J'ai remarqué que chaque badge portait la photo de son titulaire. Or, comme ils sont fatalement faits par informatique, je suis à peu près sûr que le... « gérant » des badges en conserve un double dans son ordinateur.

Aimé Brichot jeta un coup d'oeil accablé à sa flèche :

— Ne me dis pas que tu as l'intention de nous faire passer en revue tous les employés de la société, dans le vague espoir de tomber sur la bobine du « faux client » de Geneviève Cocherel Salomé ?

— Ben si ! répondit Boris sans s'émouvoir. À moins que tu aies une idée plus brillante...

Antoine Fauconnier était un homme d'une cinquantaine d'années, excessivement ventru et moustachu, mais tout à fait cordial. Après avoir pris connaissance de la plaque de commandant de police que lui tendait Corentin, il ne fit pas la moindre difficulté pour le laisser s'installer devant l'un des quatre ordinateurs qui occupaient le mur latéral gauche de son minuscule bureau.

— Vous voulez voir les badges cadres, ou les badges employés ? demanda-t-il avec un large sourire.

— Ce ne sont pas les mêmes ? demanda Aimé Brichot, un peu hâtivement.

— Ben non, sinon je ne vous aurais pas demandé lesquels vous vouliez visionner, répondit Antoine Fauconnier du tac au tac, mais sans se départir de son sourire lunaire.

— Commençons par les cadres, décréta Corentin.

Quelque chose lui disait que si Geneviève Cocherel aimait à se donner les frissons de l'encanaillement, elle ne devait supporter de le faire qu'avec des hommes « de son milieu ». On verrait à étendre la recherche, si on ne trouvait rien du côté des instances dirigeantes...

Dès qu'il eut la réponse qu'il souhaitait, Antoine Fauconnier mania la « souris » avec une telle rapidité que ni Corentin ni Brichot n'auraient été capables de répéter la ou les manœuvres qu'il venait d'effectuer. Quand il eut fini, il enfonça la touche enter. Aussitôt, apparurent le nom, le prénom et le visage d'un certain Philippe Abourier, vraisemblablement premier cadre de la société Les Sept-Voiles sinon dans l'ordre du mérite, du moins dans celui de l'alphabet.

— À vous ! fit Fauconnier, en désignant la souris à Corentin : vous cliquez sur la petite flèche, pointe en bas, à droite de l'écran, pour passer à la fiche suivante, et sur la flèche, pointe en haut, pour revenir en arrière. Si ça ne vous gêne pas, je vais profiter que la police surveille mon bureau pour aller m'en jeter un petit aux *Fontaines*. Si on me demande, soyez gentils de dire que je suis descendu à la réserve chercher des badges vierges, OK ?

— Plutôt décontracté, le gérant des services généraux, observa Aimé Brichot, dès que l'autre fut sorti, d'une lourde démarche dandinante.

Boris Corentin ne releva pas : il était déjà occupé à faire défiler les visages des cadres de l'entreprise. En espérant qu'ils ne soient pas plusieurs centaines.

Déjà, il pouvait passer rapidement, dès qu'apparaissait un visage de femme sur l'écran, ce qui était toujours autant de secondes de gagnées.

Il lui fallut au total moins d'un quart d'heure pour arriver au trente-septième badge de la liste.

Et là, ses doigts se crispèrent malgré lui sur la souris de plastique crème.

— C'est lui ? demanda Aimé Brichot, qui connaissait trop bien sa flèche pour ne pas avoir saisi au vol.

— C'est lui, en effet... souffla Corentin.

Brichot se pencha au-dessus de son épaule, et découvrit, sur l'écran, le visage agréable d'un homme d'environ vingt-cinq ans, aux cheveux bruns, aux traits énergiques et au sourire éclatant.

— C'est curieux, marmonna-t-il, il me rappelle quelqu'un de connu, mais...

— John-John, lâcha Corentin sur le même ton. John Kennedy junior, si tu préfères.

— T'as raison, c'est exactement ça ! reconnut Brichot. Et il s'appelle comment ton faux client ?

— Arnaud de Laroche-Gaillard, lut Boris Corentin. Ça me dit quelque chose, ce nom. Je me demande...

À ce moment, Antoine Fauconnier fit sa réapparition dans le bureau, une boîte en carton scellée entre les mains. Il la désigna aux deux policiers avec un petit clin d'œil :

— Je suis passé à la réserve chercher des badges vierges… au cas où ! Alors, vous trouvez votre bonheur ?

Boris Corentin tourna la tête vers lui et lui désigna l'écran de l'ordinateur :

— Est-ce que vous pourriez me dire qui est ce monsieur, je vous prie ?

Antoine Fauconnier se pencha en avant, malgré la proéminence de sa considérable bedaine. Il devint aussitôt tout pâle.

— Mais… bafouilla-t-il, mais… c'est M. Arnaud de Laroche-Gaillard, voyons !

— Je le vois bien, c'est écrit sous sa photo, soupira Corentin, un brin agacé. Je voulais dire : qu'est-ce qu'il est, au juste, au sein de la société ?

Antoine Fauconnier se laissa tomber sur une chaise vide, à côté de Corentin, et s'exclama :

— Mais il est tout ! Ou, plus exactement, il le sera un jour ou l'autre.

— Vous ne pourriez pas être plus clair ? grommela Aimé Brichot, aussi agacé que sa flèche.

— C'est pourtant simple, soupira Fauconnier : Arnaud est le fils aîné de M. Gérald de Laroche-Gaillard, le président-fondateur de la société Les Sept-Voiles. Et, à ce titre, il est amené à diriger un jour l'empire que son père a créé de toutes pièces, voici un peu plus de quarante ans.

Boris Corentin et Aimé Brichot échangèrent un regard lourd. C'était tout, sauf du menu fretin, qu'ils ramenaient dans leurs filets.

La pêche était presque trop bonne : le poisson était si gros qu'il risquait de déchirer les mailles sans le moindre problème.

Et les pêcheurs avec, pour faire bon poids.

Corentin et Brichot prirent congé d'Antoine Fauconnier, et quittèrent l'immeuble de verre et d'acier. Dehors, la pluie tombait toujours, avec une régularité désespérante, comme si elle ne devait plus jamais s'arrêter.

— À partir de maintenant, résuma Aimé Brichot, quand ils eurent rejoint leur voiture de service, on a intérêt à n'avancer chacun de nos pions qu'à coup sûr. Parce que notre Arnaud et son papa, ils doivent avoir plein de gentils amis très haut placés, si tu veux mon avis.

— Écoute, vieux frère, gronda Boris Corentin, en démarrant un peu trop sèchement, si, comme je le crains, Arnaud de Laroche-Gaillard et Geneviève Cocherel ont eu peur que Clémentine Souveyrac les fasse chanter, et qu'ils se sont arrangés pour la supprimer de la façon qu'on sait...

Boris tourna à demi la tête vers son coéquipier, les yeux flamboyants et les mâchoires crispées :

— ... ça, Mémé, je te jure que je vais me débrouiller pour qu'ils le paient au prix fort !

CHAPITRE VIII

— Tu m'offres une autre coupe, chéri ? Je ne sais pas pourquoi, mais j'ai envie de faire la fête, ce soir, pas toi ?

Gwendoline repoussa languissamment ses longs cheveux noirs derrière ses épaules nues, à la peau très blanche, et lança un long regard par en dessous, en papillotant des cils, à l'homme assis à côté d'elle.

Albert.

Une demi-heure plus tôt, quand il était entré à *La Flèche de Cupidon*, et que Gwendoline était venue se jucher sur le tabouret de bar voisin du sien, il lui avait dit, d'une voix un peu embarrassée, qu'il s'appelait Albert. Et elle n'avait aucune raison de douter de lui.

Dans les bars de ce genre, c'était les hôtesses qui adoptaient un pseudonyme à la place de leur prénom véritable : rarement les consommateurs...

Gwendoline lança un regard furtif à son client, profitant de ce qu'il s'était détourné d'elle pour demander à Françoise, la barmaid, de remplir leurs deux flûtes de champagne. Ses lèvres épaisses et brillantes s'arrondirent en une sorte de moue dubitative.

Physiquement, c'était loin d'être un Apollon, son Albert. Pas très grand, les épaules fuyantes, le corps potelé comme un cochon de lait, il avait en plus un visage rond aux traits plutôt mous, deux gros yeux à la couleur indécise, en boules de Loto, un petit nez sans consistance, genre Orson Welles, le tout surmonté de rares cheveux blonds filasses, plaqués parallèlement sur le dessus de son crâne rose, à la Giscard d'Estaing.

Et, en plus, il transpirait.

Gwendoline poussa un petit soupir résigné. Après tout, elle n'était pas précisément ici pour s'amuser, mais pour gagner de quoi payer son loyer et la nounou de sa fille de deux ans, mise en pension aux environs de Fontainebleau.

Il fallait bien reconnaître que, depuis six mois qu'elle bossait comme hôtesse à *La Flèche de Cupidon*, un bar situé dans le VIIe arrondissement de Paris, dans une petite rue perpendiculaire à l'avenue de La Motte-Picquet, tout près de l'École-Militaire, Gwendoline (Lorraine Champeaux, pour l'état civil...) n'avait eu que très rarement l'occasion de s'occuper d'hommes qui lui plaisaient vraiment. En plus, elle s'était aperçue que ce n'était pas forcément avec ceux-là qu'elle parvenait aux meilleurs résultats – sur le plan financier, s'entend.

Elle braqua ses grands yeux noirs, au-delà d'Albert, en direction du jeune type brun, grand et mince, qui, l'air vaguement absent, buvait tout seul son Coca au bout du bar de bois verni. Elle ne put s'empêcher de laisser échapper un petit soupir de regret.

Celui-là, il aurait été vraiment à son goût, beau gosse comme il l'était. Dès qu'il était entré, juste après Albert, Gwendoline s'était fait la remarque qu'il aurait très bien pu être mannequin, bien foutu comme il l'était. Et, durant quelques minutes, elle avait intensément regretté de s'être précipitée sur Albert et, donc, de n'être plus disponible pour le « top model », comme elle l'avait surnommé en elle-même.

Durant quelques minutes, mais pas plus. Car les trois filles qui étaient venues successivement vers lui pour essayer de « l'accrocher », s'étaient fait éconduire ; gentiment, mais fermement. Et, depuis une demi-heure, le play-boy restait assis tout seul dans son coin, devant son coca à moitié bu, la mine sombre et préoccupée.

Le mauvais client type, quoi.

Du coup, Gwendoline reporta son attention sur « son » Albert, et le regarda avec plus de bienveillance, presque de la tendresse.

Lui, au moins, s'il était tout sauf beau, s'annonçait comme un homme facile. D'abord, dès le début, il avait commencé par lui raconter sa vie, ce qu'il faisait comme boulot, où il habitait, quels étaient ses centres d'intérêts dans la vie, etc. Et Gwendoline savait par expérience que plus un type parle facilement à une fille, et plus celle-ci a de chances de l'entraîner ensuite vers des activités plus érotiques… et surtout plus lucratives.

Il suffisait de savoir le « chauffer » correctement : ni trop vite, pour ne pas l'effrayer, ni trop lentement, pour ne pas lui laisser le temps de réfléchir à ce que son escapade allait lui coûter.

Et ça, sans se vanter, Gwendoline pensait qu'elle savait parfaitement le faire.

Elle cambra les reins, pour faire ressortir le volume ferme de sa poitrine, libre de tout soutien superflu, et croisa haut ses cuisses rondes, les dévoilant jusqu'à la lisière de sa petite culotte du même rose que sa robe moulante.

Puis, elle posa sa main droite très haut sur la cuisse d'Albert, lequel sursauta à ce contact, renversant quelques gouttelettes de champagne sur le bois verni du comptoir.

— Tu ne dis plus rien, tu es un peu dans la lune, on dirait... susurra Gwendoline, en accentuant à dessein le côté « petite fille » de sa voix naturellement juvénile. À quoi tu penses ? À moi, j'espère ?

Elle retint un petit sourire de triomphe. Tout au bout de ses doigts, aux ongles très longs et brillants, elle venait de sentir la virilité de son client se réveiller à toute vitesse, gonfler et durcir à l'intérieur de son pantalon de velours assez mal coupé.

Ça faisait trois ou quatre fois, déjà, qu'elle s'amusait à provoquer une érection chez lui, par de menues agaceries de la main, ou en l'embrassant au coin des lèvres, ou sous prétexte de lui faire éprouver la fermeté de sa poitrine volumineuse.

Puis, quand il était bien excité, elle s'éloignait un peu, pour le laisser « refroidir »... avant de repartir à la charge.

Là, elle sentait que le pauvre Albert était à point. Comme un gentil et innocent petit insecte, qui n'a pas encore compris qu'il était au centre de la toile, et que l'araignée était juste derrière lui.

Il transpirait encore plus abondamment que tout à l'heure, ses yeux étaient deux fois plus exorbités, et sa pomme d'Adam n'arrêtait pas de monter et descendre le long de son cou grassouillet.

Sans parler de la protubérance dure, au bas de son ventre, que l'hôtesse prenait un malin plaisir à effleurer régulièrement, mine de rien.

Gwendoline décida qu'il était temps de passer à la vitesse supérieure, et même de porter l'estocade.

D'abord parce qu'il était déjà onze heures du soir passées, et que *La flèche de Cupidon* commençait à se remplir de clients.

Bientôt, les sept autres hôtesses ne seraient plus assez nombreuses pour occuper et faire boire tout le monde.

Donc, c'était maintenant qu'il fallait attaquer Albert. Comme ça, si jamais il faisait machine arrière, Gwendoline aurait toujours le loisir de se rabattre sur un autre esseulé, afin de ne pas avoir complètement perdu sa soirée.

Sans descendre de son tabouret, elle se pencha en avant, écrasa ses seins élastiques contre la poitrine grassouillette de sa proie, noua ses bras autour de son cou, et écrasa ses lèvres pulpeuses contre les siennes, forçant le barrage de ses dents du bout de sa langue agile et mutine.

— Je ne sais pas ce que j'ai, ce soir, murmura-t-elle après s'être écartée à nouveau de lui, mais je me sens très chatte, très câline. Tu ne veux pas qu'on prenne une bouteille et qu'on aille la boire tranquillement derrière, tous les deux ?

Instantanément, à voir la façon dont le visage

d'Albert se fermait, Gwendoline comprit qu'elle avait fait fausse route en lui proposant un salon.

— Écoute, souffla Albert sur un ton embarrassé, moi aussi, j'ai très envie d'un peu plus d'intimité avec toi. Mais justement...

— Justement quoi ? susurra Gwendoline, en l'embrassant au coin des lèvres, tandis que sa main s'égarait de nouveau assez bas sous la ceinture de son client. On est très tranquilles, au salon, tu sais. Personne ne viendra nous déranger...

Albert fit une petite grimace. Sa lèvre supérieure était emperlée de fines gouttes de sueur.

— C'est possible, oui... admit-il d'un ton pas très convaincu. Mais moi, ça ne me va pas. Je suis sûr que ça me couperait tous mes moyens, de savoir que n'importe qui peut arriver et nous voir...

Gwendoline saisit la balle au bond. Tout en massant délicatement la virilité palpitante de son client, elle lui murmura à l'oreille :

— Je comprends, oui... Dans ce cas, j'ai autre chose à te proposer. D'habitude, ce sont des trucs que je refuse toujours, mais toi tu es différent des autres : ça te dirait qu'on se retrouve dans un petit hôtel pas loin d'ici ? On serait complètement tranquilles tous les deux, et tu pourras faire tout ce que tu veux avec moi...

Elle accentua imperceptiblement la pression savante de ses doigts autour de la hampe de chair dure qu'elle massait avec délicatesse, puis ajouta, d'une petite voix fluette, presque timide, dont elle connaissait bien l'effet sur la plupart des hommes :

— Évidemment, il faudra me donner un petit peu

plus, parce que, normalement, c'est interdit par la patronne, de sortir avec un client...

Gwendoline s'empressa d'ajouter, d'une voix plus pressante, enamourée :

— Mais, avec toi, j'en ai vraiment envie ! L'idée de me retrouver complètement nue dans tes bras me rend toute chose ! Alors, qu'est-ce que tu en penses ?

Au regard luisant de convoitise d'Albert, et à son sourire béat, Gwendoline comprit qu'elle avait gagné.

— C'est vrai ? souffla-t-il, en glissant sa main sous sa robe, loin entre ses cuisses. Tu accepterais de passer la nuit avec moi ? En amoureux ?

Gwendoline retint de justesse le sourire de pitié qui lui montait aux lèvres. Encore un qui rêvait en couleurs ! En amoureux ? Et puis quoi, encore ! Comment est-ce que les mecs pouvaient être naïfs à ce point ? C'était un truc qu'elle n'arriverait jamais à comprendre. Lui, là, par exemple, Albert : il était prêt à casquer deux mille balles pour aller s'allonger sur elle dans un lit d'hôtel et, en même temps, il était capable de se persuader qu'elle était amoureuse de lui ! C'était vraiment délirant...

— Bien sûr que j'accepterais ! murmura-t-elle tout près de son oreille. Non seulement j'accepterais, mais en plus j'en ai envie. Seulement, comme c'est interdit, il va falloir faire ça discrètement, sinon tu vas devoir payer deux bouteilles de champagne à la direction, juste pour pouvoir partir avec moi.

— Ah non, alors ! s'insurgea Albert à mi-voix.

Cet argent-là, je préfère te le donner à toi, si tu en as vraiment besoin…

« Et voilà, c'est reparti ! songea Gwendoline. Encore un qui arrive à se convaincre qu'il va me donner de l'argent par pure bonté d'âme et uniquement pour me rendre service, comme il dépannerait sa petite nièce ou une amie d'enfance ! Tout, plutôt que d'admettre qu'il me paie pour coucher avec lui, et que je ne l'aurais pas fait sans ça… »

— Dans ce cas, ajouta-t-elle, en frottant ses seins contre la poitrine de son client. Je vais dire que je suis malade et que je rentre chez moi. Et j'irai t'attendre à l'hôtel *Royal Picquet*, dans la rue juste derrière celle-ci. Je prendrai la chambre 12 ; le veilleur de nuit la garde toujours libre pour ses bonnes copines. Toi, tu restes ici une vingtaines de minutes après mon départ, tu reprends un verre, et si une autre fille vient s'en faire offrir un, tu acceptes, histoire de ne pas éveiller les soupçons de cette vieille peau de Françoise. D'accord ? On fait comme ça ? J'ai tellement hâte de me retrouver seule avec toi, si tu savais ! Bon, je vais me changer et je file. À tout à l'heure, chéri…

Gwendoline embrassa goulûment Albert, et accentua la pression de ses doigts autour de son membre. Histoire de le maintenir à la bonne température, pendant le temps où ils allaient être séparés.

Puis, elle descendit de son tabouret, et, aussitôt, son sourire sensuel s'évanouit. Il lui restait le plus délicat à accomplir : dire à Françoise qu'elle était malade au point de rentrer chez elle, et le faire de façon assez convaincante pour que celle-ci la croie.

Ce qui n'était pas gagné d'avance, vu que la Françoise en question, une blonde décolorée à la quarantaine un peu grasse, ancienne hôtesse elle-même, connaissait à peu près toutes les ficelles employées par une fille quand elle a envie d'escroquer un peu le patron.

Elle était à l'autre bout du bar, en train de faire semblant de boire la coupe de champagne qu'un client, déjà solidement éméché, avait tenu à lui offrir. Quand elle vit Gwendoline descendre de son tabouret, elle lui fit signe de venir, et l'entraîna un peu à l'écart.

— Dis voir, mon petit, ça te dirait de te faire un petit paquet de fric, là, maintenant ?

— Ben, c'est-à-dire... bredouilla Gwendoline, prise au dépourvu.

Françoise lui désigna une table, à droite de la salle, occupée par trois Japonais en costumes sombres, à qui Natacha et Francine tenaient compagnie :

— Tu les vois, ces trois-là ? Ils ont déjà casqué trois bouteilles, et ils sont prêts à jouer les PPP [1] pour trois de mieux, s'ils peuvent embarquer Natacha et Karine à dîner, puis à leur hôtel. À mon avis, ils sont pleins aux as. Seulement, ils veulent une troisième fille, évidemment. Alors, j'ai pensé à toi, qui as l'air plutôt mal partie avec l'autre ringard, là... Qu'est-ce que tu en dis ?

1. PPP : « Payé, Pas Pris » : dans le jargon des bars à hôtesses, se dit d'un client qui paie une bouteille de champagne pour pouvoir faire une sortie avec une fille, mais ne la boit pas. Tout bénéfice, donc, pour le patron du bar...

Gwendoline prit une profonde inspiration et regarda Françoise, en s'efforçant le prendre un air le plus abattu possible :

— J'en dis que c'est vraiment gentil d'avoir pensé à moi, mais que c'est au-dessus de mes forces : j'ai une crève d'enfer, mal au crâne et tout le tremblement.

Les sourcils de la taulière se froncèrent :

— T'es sûre que t'es pas en train de me monter un baratin, là ? T'aurais quand même pas dans l'idée de doubler la maison, j'espère ?

Gwendoline prit un air indigné :

— Tu es folle, ou quoi ? Demande à mon client, si c'est pas vrai ! Il était prêt à faire un salon avec moi, et j'ai préféré lui dire non pour pouvoir rentrer me coucher, alors tu vois !

Elle avait parlé suffisamment fort pour qu'Albert l'entende, et soit en mesure de dire la même chose qu'elle, si jamais Françoise se montrait vraiment trop soupçonneuse. Mais, après avoir grommelé un « on en recausera demain » pas très aimable, la matronne se désintéressa d'elle, pour se mettre en quête d'une autre fille destinée au troisième Japonais.

Gwendoline dévala l'escalier métallique en colimaçon qui menait au vestiaire. Elle se débarrassa rapidement de sa robe « de travail », pour enfiler son jean noir, un gros pull en laine à même la peau, et son éternel blouson de cuir. Puis, elle chaussa ses baskets Reebok bicolores, et remonta l'escalier tournant.

Avant de quitter *La Flèche de Cupidon*, elle

adressa un discret clin d'œil à « son » Albert, qui lui répondit par un petit sourire et un léger hochement de tête.

En tournant la tête dans sa direction, Gwendoline croisa le regard du client solitaire, celui qu'elle avait surnommé le top model, et elle ressentit un petit pincement de regret au creux de la poitrine.

Si c'était lui qu'elle avait pu décider à la rejoindre dans la chambre 12, elle y serait allée d'un meilleur cœur...

Dehors, la pluie glaciale lui fouetta le visage et les cheveux. Elle pressa le pas, sur le trottoir luisant, dont les flaques réfléchissaient la lumière blafarde et crue des réverbères courbés vers le sol.

Malgré l'heure déjà tardive, l'avenue de La Motte-Picquet était encore encombrées de voitures qui remontaient vers le carrefour de l'École-Militaire.

Gwendoline obliqua à droite, dans la rue Duvivier, puis, environ cinquante mètres plus loin, elle s'engouffra dans le hall étroit et sombre de l'hôtel *Royal-Picquet.*

Derrière le minuscule comptoir, Edmond lui sourit et ses yeux pétillèrent derrière ses grosses lunettes de myope :

— Tiens, voilà la belle Bretonne !

C'était sa plaisanterie favorite, à Edmond, de faire semblant de croire que Gwendoline était bretonne, en raison de son nom de guerre.

— Alors, les affaires sont bonnes, ce soir ? demanda-t-il, en lui tendant la clé numéro 12, avant même qu'elle ait demandé quoi que ce soit.

— Je te dirai ça en redescendant ! répondit-elle en riant, tout en se dirigeant vers le petit escalier entièrement tapissé en vert et bleu.

Une fois bien au chaud dans la petite chambre, exiguë mais propre, dont la fenêtre donnait sur une cour intérieure un peu lugubre, Gwendoline se mit nue et passa dans la salle de bains. Après avoir actionné les robinets de la baignoire, elle s'admira complaisamment dans la glace fixée derrière la porte, légèrement piquée de rouille dans les deux coins supérieurs.

— Pas à dire, ma fille, tu es vraiment canon ! fit-elle à mi-voix, en soupesant ses seins aux pointes rose foncé, presque perpétuellement dressées.

Elle laissa ses mains glisser doucement le long de son ventre, faisant naître de minuscules frissons juste sous sa peau blanche et satinée.

Ses doigts jouèrent quelques secondes avec les poils noirs et bouclés de sa toison luxuriante, puis disparurent entre ses cuisses pleines.

Gwendoline poussa un petit soupir rauque, lorsque le bout de son index entra en contact avec le petit bouton hypersensible, niché au plus intime d'elle-même.

Elle dut se forcer pour ne pas prolonger sa caresse, et sauta dans la baignoire pleine, prenant un vrai plaisir de gamine à tout éclabousser autour d'elle.

La tête appuyée contre le rebord blanc, Gwendoline ferma les yeux de plaisir, sous la caresse de l'eau chaude et subtilement mouvante le long de son corps nu.

Elle se sentait capable de rester des heures, comme ça, immobile, sans rien faire…

Les trois coups frappés à la porte de la chambre la firent sursauter violemment, et elle se demanda si elle ne s'était pas endormie, l'espace de quelques secondes ou quelques minutes, sous l'effet de l'eau chaude.

Elle soupira : c'était Albert, évidemment. La récréation était finie…

— Entre, chéri, c'est ouvert ! cria-t-elle sans bouger, histoire de prolonger le plus possible ce délicieux moment de paresse et de tranquillité.

Dans quelques minutes, c'en serait fini. il faudrait jouer la comédie du désir ; ronronner de faux plaisir, tandis que des doigts impatients – et sans doute maladroits – prendraient possession de son ventre, qu'une bouche vorace aspirerait la pointe fragile de ses seins.

Et surtout, il lui faudrait feindre la gourmandise la plus incontrôlable avant de faire coulisser entre ses lèvres le sexe de cet homme qui ne lui inspirait rien d'autre qu'un vague dégoût.

Pour, enfin, le laisser plonger son engin dur et raide au plus profond d'elle-même, et faire semblant d'en éprouver la plus extraordinaire des jouissances.

Bien heureuse, encore, si Albert, partageant le fantasme de beaucoup d'hommes, n'exigeait pas qu'elle se laisse sodomiser. Ou pire encore…

Gwendoline gardait un très mauvais souvenir de

l'un de ses premiers clients qui, posément, une fois dans la chambre, avait sorti de son attaché-case en cuir un énorme godemiché, et lui avait demandé de le sodomiser le plus fort possible, en le traitant de « grosse salope » et de « sale petite putain ». Malgré le boulot qu'elle faisait, Gwendoline se sentait parfaitement « normale » côté sexe, et cette séance l'avait pas mal écœurée.

Il restait juste à espérer qu'Albert, lui, aurait des goûts plus conventionnels...

Gwendoline soupira profondément : la pension de sa petite fille était à ce prix, de toute façon, elle n'avait pas tellement le choix.

Elle entendit la porte de la chambre s'ouvrir, puis se refermer presque sans bruit.

— Je suis là, chéri ! dit-elle, d'une voix câline. Dans la baignoire...

Elle entendit le glissement feutré des pas sur la moquette fatiguée de la chambre.

Puis, elle vit une ombre se profiler sur la porte de la salle de bains restée ouverte, et elle commença à sourire de la façon la plus sensuelle possible. Histoire de mettre tout de suite Albert dans les meilleures dispositions.

Sauf qu'à sa grande stupéfaction, Albert n'entra pas dans la salle de bains.

Plus exactement, ce ne fut pas lui qui y entra, d'un pas résolu.

Gwendoline fut tellement stupéfaite qu'elle ne songea pas à s'inquiéter. Encore moins à crier.

D'abord, parce que l'homme qui se tenait dans l'embrasure et la fixait avec des yeux hallucinés, elle le connaissait. Ou, tout au moins, elle l'avait identifié.

C'était le beau gosse qui se trouvait tout à l'heure au bar de *La Flèche de Cupidon*, celui qu'elle avait surnommé le top model.

Soudain, tandis qu'il faisait un pas à l'intérieur de la salle de bains, tout en fouillant dans la poche de son grand imperméable humide, Gwendoline se dit qu'il avait dû l'entendre donner rendez-vous à Albert ici, dans la chambre 12, et qu'il essayait d'en profiter.

— Dis donc, toi, faut surtout pas te gêner ! protesta-t-elle, en prenant appui des deux mains sur les rebords de la baignoire, afin de s'en extraire. Tu crois peut-être que tu vas me baiser à l'œil, c'est ça ?

Elle n'eut pas le temps de dire autre chose, pas plus qu'elle n'eut celui de se mettre debout.

Le top model avait fondu sur elle et, appuyant de toutes ses forces sur ses épaules, la plaqua au fond de la baignoire, envoyant des gerbes d'eau chaude à l'extérieur.

Gwendoline sentit une panique effroyable l'envahir, la submerger. Elle ouvrit la bouche pour hurler à l'aide. Mais aucun son ne sortit de sa gorge.

À cause du sac en plastique que son agresseur venait d'enfiler autour de sa tête, jusqu'à son cou.

CHAPITRE IX

La main légère, chaude, souple et vivante comme un petit animal fureteur, se glissa sous le drap, le long de la poitrine nue de Boris Corentin.

Après s'être attardée quelques secondes à en titiller les mamelons, elle poursuivit son chemin vers le bas, en direction de la colonne de chair, momentanément – très momentanément… – assoupie.

Les doigts de Véronique se refermèrent autour de la virilité de Boris, tandis que ses seins aux pointes orgueilleusement dressées s'écrasaient contre son torse musclée.

— C'est dingue ! murmura-t-elle d'une voix palpitante de désir. J'ai encore envie de toi, alors que tu m'as déjà fait l'amour trois fois ! Je ne comprends pas ce qui m'arrive, je ne me reconnais plus…

Boris serra la petite brune entre ses bras puissants et l'embrassa fougueusement, à pleine bouche, en guise de réponse. Tandis que là-bas, tout en bas de son ventre, son sexe reprenait forme et vigueur.

Comme il le lui avait promis, Corentin était allé attendre Sonia sur les coups de sept heures, à la sortie des *Servantes d'Aphrodite*.

Un Corentin contrarié, à la limite du furieux. En quittant le siège de la société Les Sept-Voiles Aimé Brichot et lui avaient foncé droit dans le bureau de Charlie Badolini, pour le mettre au courant de ce qu'ils avaient découvert, à propos de Geneviève Cocherel et d'Arnaud de Laroche-Gaillard. Le commissaire divisionnaire avait été catégorique :

— Pas question de convoquer un client de cette envergure au quai des Orfèvres sans l'aval du juge d'instruction. Sans CR [1], on ne fait rien !

Quant au juge Cournault, aussitôt prévenu, il avait eu l'air extrêmement embêté que l'on veuille mêler quelqu'un de la stature d'Arnaud de Laroche-Gaillard à une affaire aussi « sordide » – selon sa propre expression. Face à la pression insistante des policiers, il avait fini – de mauvaise grâce – par leur dire de revenir le lendemain en milieu de matinée, parce qu'il avait besoin, soi-disant, de s'accorder une nuit de réflexion.

Résultat, aux yeux de Boris Corentin : une grosse demi-journée de perdue, durant laquelle il pouvait se passer n'importe quoi. Mais Sonia avait eu très vite fait de lui faire oublier ses contrariétés professionnelles. D'entrée jeu, elle avait eu une exigence, qui était allée droit au cœur de Boris.

— Ce soir, je ne veux pas que tu m'appelles Sonia, lui avait-elle dit. Ça, c'est mon nom pour les

1. CR : Commission rogatoire. Délivrée par un juge d'instruction, elle correspond à ce que les auteurs de romans ou de téléfilms policiers s'obstinent à appeler un « mandat », lequel n'a jamais existé que dans leur imagination…

consommateurs de chair fraîche aux *Servantes d'Aphrodite*. Pour toi, je veux être Véronique. Comme dans la vraie vie...

Après avoir dîné à la va-vite, dans un quelconque bar-tabac-brasserie, ils s'étaient retrouvés dans le studio de Boris Corentin. Lequel n'avait même pas eu le loisir de déboucher la bouteille de champagne qu'il gardait en réserve, tellement Véronique s'était montrée impatiente et lui avait sauté dessus, telle une furie en manque de sexe depuis des mois...

Laissant Véronique le caresser savamment, afin de lui rendre toute sa vigueur, Boris laissa sa main glisser le long de son dos sinueux, la faisant frissonner et gémir de désir.

Au moment où sa paume épousait le contour galbé de ses fesses menues mais très fermes, la sonnerie du téléphone retentit dans le studio.

— Ne réponds pas ! le supplia Véronique d'un ton pressant, en serrant un peu plus fort entre ses doigts la virilité triomphante de son amant.

Mais ça, ne pas répondre au téléphone, même au milieu de la nuit, c'était une chose que le commandant de police Boris Corentin était incapable de faire.

Il se tendit imperceptiblement en identifiant la voix d'Aimé Brichot, à l'autre bout du fil :

— Boris ? On a du nouveau, figure-toi, Baba [1] vient de m'appeler.

---

1. Surnom donné à Charlie Badolini par ses inspecteurs... En son absence, évidemment...

— Je t'écoute, Mémé…

— Nos collègues du VIIe arrondissement viennent de découvrir une fille morte, dans un hôtel de la rue Duvivier.

— Oui, et alors ? demanda Boris Corentin, qui pressentait déjà la suite.

— Alors, il se trouve qu'elle travaille comme hôtesse dans un bar tout proche, poursuivit Aimé Brichot. Et qu'elle est morte étouffée. Devine comment ?

— La tête dans un sac plastique, je parie, répondit sombrement Corentin, en sautant au bas de son lit, malgré le petit cri de protestation de Véronique. Bon, on se retrouve là-bas dans une demi-heure, Mémé. À tout de suite.

— Si je comprends bien, murmura Véronique d'un ton navré, la récréation est finie…

Boris se pencha vers elle, emprisonna un de ses seins dans sa main, jusqu'à faire durcir le mamelon entre son pouce et son index :

— Elle n'est pas finie : elle est momentanément interrompue. Et elle reprend dès que je rentre ! Profites-en pour dormir un peu et reprendre des forces : tu en aura besoin tout à l'heure, à mon retour !

— Espèce de macho prétentieux ! rigola Véronique, en balançant l'un des deux oreillers en direction de Boris, qui marchait déjà vers la porte de la salle de bains.

Dix minutes plus tard, montre en main, il était

dehors et sautait dans un taxi miraculeusement vide et arrêté à un feu rouge ; il donna au chauffeur, un Black gigantesque coiffé à la rasta, l'adresse du *Royal Picquet*, rue Duvivier.

Plus la Mercedes gris métallisé avançait, à travers les rues de Paris détrempées et presque désertes, et plus la mine de Corentin se renfrognait.

Parce qu'il se rendait bien compte que cette histoire de deuxième hôtesse tuée, apparemment de la même façon que la première, fichait toute sa théorie en l'air.

Parce que si Geneviève Cocherel et Arnaud de Laroche-Gaillard avaient une très bonne raison de se débarrasser de Clémentine Souveyrac, qui les avait très certainement identifiés, ils n'avaient par contre aucun motif apparent de s'en prendre à une autre fille, deux nuits plus tard.

Alors ?

Alors, Corentin était bien obligé d'admettre que Brichot et lui s'étaient probablement engagés sur une fausse piste, et qu'ils allaient devoir repartir de zéro.

Avec, maintenant, la menace d'un tueur en série, « spécialisé » dans les hôtesses de bars, et qui s'apprêtait peut-être déjà à recommencer ailleurs.

— Ouh la ! On dirait qu'il y a du grabuge, mon frère ! fit le chauffeur, après avoir tourné le coin de la rue Duvivier, en découvrant deux voitures de police à cheval sur la chaussée et le trottoir, gyrophare bleu allumé et tournoyant sous la pluie.

— Il y en a, soupira Corentin en lui tendant un billet de cent francs. C'est même pour ça que je suis sorti de mon lit. Non, c'est bon, gardez tout…

À grandes enjambées, Corentin franchit la cinquantaine de mètres qui le séparait de l'hôtel.

Il passa sous les bandes de plastique fluo interdisant l'entrée au commun des mortels, et franchit la porte. Dans le petit hall d'accueil, deux policiers en uniforme rectifièrent la position en le reconnaissant.

— C'est au premier, commandant ! dit l'un d'eux. Chambre 12...

Dans la chambre en question, deux inspecteurs de la police scientifique étaient occupés à traquer d'éventuelles empreintes, l'un sur le lit et l'autre sur la moquette. Corentin fonça droit vers la salle de bains, d'où lui parvenait plusieurs voix masculines.

Il se trouva face à trois hommes, dont Aimé Brichot. Le deuxième, très jeune, lui était inconnu. Quant au troisième, avec sa bouille rondouillarde, son sourire jovial et son cou épais sanglé par son éternel nœud papillon, il était facilement identifiable.

Le docteur Flutiaux, médecin légiste de son état.

— Tiens ! voilà ce bon commandant Corentin ! s'exclama-t-il, hilare, en ouvrant ses petits bras potelés. Le fin limier à qui aucun cadavre n'échappe !

— Si vous me faisiez grâce de votre humour, toubib, eu égard à l'heure tardive ? grommela Boris, en s'approchant de la baignoire.

Il y découvrit le corps nu d'une fille, dont la tête était enfoncée dans un sac de plastique translucide. Il reçut le choc de deux yeux grands ouverts, exorbités, et d'une bouche aux lèvres exsangues, figées sur un cri muet.

Il se détourna avec un soupir navré. Dès ses premiers mois de métier, il y avait déjà un bout de temps, Corentin avait réalisé qu'il ne s'habituerait jamais complètement à la mort, surtout à celle des innocents. Et cette évidence se révélait exacte à chaque fois qu'il était confronté avec un nouveau cadavre : il ne parvenait pas à s'y habituer. En tout cas, il refusait de se résigner à la fatalité.

Il se retourna vers les trois autres :

— Vous pouvez peut-être éclairer ma lanterne, non ? Qu'est-ce qui s'est passé, au juste ?

— Le lieutenant Guichard, que voici, fit Aimé Brichot en désignant le jeune homme présent sur les lieux, était de permanence au Ciat [1] du VIIe. C'est lui qui a pris l'appel du veilleur de nuit de l'hôtel, il y a une petite heure…

Boris Corentin se tourna vers le policier, avec un air interrogateur.

— Apparemment, d'après mes premiers renseignements, commença celui-ci d'une voix un peu trop fluette, la fille a quitté *La Flèche de Cupidon*, le bar où elle travaille, après avoir demandé à son client de la soirée, un certain Albert Pigasse, de la retrouver ici. Sauf que quand il est arrivé, il a trouvé la porte de la chambre grande ouverte, et la fille déjà morte dans la baignoire.

— Il est où, cet Albert Pigasse ? demanda Boris Corentin.

— En bas, dans le petit salon, avec le veilleur de nuit qui a alerté le Ciat, intervint Brichot. J'ai préféré t'attendre avant de les interroger tous les deux.

1. Abréviation de commissariat, en jargon policier.

Boris se tourna vers le médecin légiste, qui, à moitié plongé dans la baignoire, examinait le corps de la victime :

— Dites-moi, toubib : elle est bien morte étouffée, n'est-ce pas ?

Le docteur Flutiaux se redressa et regarda Boris avec un petit sourire condescendant :

— Et comment voudriez-vous qu'elle soit morte, commandant, avec ce sac sur la tête ? D'une overdose d'oxygène ?

Boris Corentin le fusilla du regard et répondit d'un ton plutôt sec :

— Son assassin aurait très bien pu la noyer dans la baignoire, avant de lui enfiler la tête dans le sac !

— C'est vrai qu'il aurait pu faire ça, répondit le légiste sans se démonter. Mais à ce moment-là, le sac ne se serait pas collé de cette façon à son visage. Regardez, il adhère parfaitement au moindre centimètre carré de peau. Ça veut dire qu'en essayant de respirer, elle l'a vidé de tout l'air qu'il contenait. Donc…

— Donc, l'interrompit Corentin, cette pauvre fille a été tuée exactement de la même façon que celle de Levallois, dans la nuit de lundi à mardi.

— De la même façon… oui et non… fit le docteur Flutiaux, d'une voix plus réservée.

Boris le dévisagea, un sourcil relevé :

— Comment ça : oui et non ? Elles sont mortes de la même façon ou pas ?

Le médecin légiste frotta son menton grassouillet avant de répondre :

— Elles ont bien été étouffées toutes les deux à

l'aide d'un sac plastique, si c'est ça que vous voulez savoir. Seulement, celle-ci n'a pas les marques rouges que l'autre présentait au niveau de l'abdomen.

— Des marques rouges ? répéta Aimé Brichot. Qu'est-ce que c'est que cette histoire ?

Le docteur répondit en continuant de s'adresser à Boris Corentin, ce qui eut le don d'agacer quelque peu Aimé Brichot :

— La première fille présentait bien quatre marques rouges, groupées au-dessus du nombril. Comme si quelque chose de dur, mais de non tranchant, s'était incrustée dans sa peau, à la suite d'une forte pression. Sûrement quelque chose de métallique, mais c'est difficile d'être plus précis pour l'instant.

— Et ces marques, toubib, le pressa Boris Corentin, dont le visage s'était soudain coloré d'une sorte d'excitation presque fébrile, est-ce que vous pouvez me certifier qu'elles n'étaient pas là depuis longtemps ? Je veux dire : est-ce qu'elle ont bien été faites au moment du meurtre de la fille, ou à la rigueur juste avant ?

Le docteur Flutiaux ne prit même pas le temps de la réflexion, et répondit d'un ton catégorique :

— J'en suis absolument certain, oui.

Boris Corentin prit le médecin légiste par les épaules, à la grande surprise de celui-ci :

— Dites-moi, toubib : est-ce que vous pensez que ces marques auraient pu, par exemple, être occasionnées par une grosse boucle de ceinturon ? Dans le cas où son assassin en aurait eu une, et se serrait pressé contre elle pour l'empêcher de se débattre ?

— Mais oui, c'est parfaitement possible. D'ailleurs, je dois dire que...

Boris Corentin se désintéressa brusquement de ce que disait le légiste, et sortit de la salle de bains à grands pas nerveux. Il fut rejoint, sur le seuil de la chambre, par Aimé Brichot.

— Toi, ou je ne te connais pas du tout, ou tu as une idée derrière la tête, observa-t-il, en caressant machinalement la pointe de sa moustache.

Boris Corentin se tourna vers lui, les yeux luisant d'excitation et un sourire gourmand aux lèvres :

— Écoute, Mémé, si je ne me trompe pas, c'est bien plus qu'une idée que j'ai dans la tête...

Il prit une profonde inspiration et laissa tomber d'une voix claquante comme un coup de cravache :

— C'est le nom du coupable !

CHAPITRE X

Stéphanie Fabri enfonça la touche *on* de sa platine laser. Presque aussitôt, dans l'espace confiné de son petit studio, situé rue Carnot, à Levallois, s'élevèrent les premières notes – jouées par la contrebasse de Paul Chambers – de *So what*, l'un des plus célèbres morceaux de Miles Davis.

Séphanie baissa le son presque aussitôt : il était largement plus de dix heures du soir, et les studios qui occupaient la totalité de l'immeuble étaient loin d'être convenablement insonorisés.

Vêtue uniquement d'une petite culotte de coton blanc, elle s'allongea à moitié dans le canapé « clic-clac » qui, une fois déplié, lui servait aussi de lit.

Les petites joies de la vie d'étudiante passablement désargentée...

Au moment où les premières notes émises par la trompette de Miles retentirent, on frappa deux coups à la porte blindée.

Un pli de contrariété barra le front de Stéphanie. Qui est-ce qui pouvait bien venir jouer les trouble-fête – ou plutôt les « trouble-musique » – à une heure pareille ?

Elle se leva, attrapa son pyjaveste rose fuschia, y

enveloppa rapidement son corps potelé, avant d'aller coller son œil au judas.

Elle eut le souffle coupé en découvrant qui attendait de l'autre côté de la porte.

Bernhard ! Bernhard Hochwald, l'ex-mannequin autrichien dont elle était amoureuse depuis près de deux mois !

Stéphanie resta un long moment immobile, les traits figés, les yeux mi-clos, attendant que son cœur se remette à battre sur un rythme moins chaotique.

Bernhard, elle l'avait rencontré au *Bar des Amis*, juste en bas de chez elle, un soir où elle était redescendu acheter des cigarettes à Martine, la patronne des lieux.

Elle avait immédiatement flashé sur son physique de top model et sur sa gueule d'ange déchu. Même son look un peu *destroy*, et passablement ridicule, ne parvenait pas à le rendre moins sexy. Pas plus que son état, déjà bien éméché, ce soir-là.

Dans les semaines suivantes, comptant sur son physique « canon » – c'était en tout cas l'avis de la plupart des garçons qu'elle fréquentait à la fac de psycho –, Stéphanie était passée chez Martine tous les jours, et n'avait pas tardé à entrer en contact avec le bel Autrichien.

Et elle s'était pris un bide.

Pas une seule fois, il n'avait répondu à ses avances, encore moins avait-il profité de l'invitation à venir prendre un verre chez elle, un soir. Il était gentil avec elle, mais juste comme on l'est avec une petite sœur ou une copine d'enfance.

Et voilà que, ce soir, comme porté par les plaintes de la trompette de Miles Davis et par les volutes du sax ténor de John Coltrane, il arrivait là, devant sa porte !

Les mains tremblantes, Stéphanie sortit enfin de sa stupeur débloqua la serrure et ouvrit grand le battant.

Sans dire un mot, avec juste un petit sourire extrêmement triste, Bernhard s'engouffra dans le minuscule studio, dont l'unique fenêtre donnait sur la cour où étaient alignées les poubelles de l'immeuble.

Elle referma derrière lui et attendit qu'il prenne une initiative quelconque : elle-même se sentait incapable de quoi que ce soit, y compris de parler. Le sang qui battait à ses tempes se mêlait au tempo imprimé, dans le disque, par James Cobb, comme une caisse de batterie supplémentaire et incongrue.

Durant de longues secondes, Bernhard resta planté là, au milieu de la petite pièce carrée, les yeux dans le vague et l'air complètement halluciné. Stéphanie nota qu'il transpirait énormément et que sa poitrine se soulevait et s'abaissait à un rythme saccadé, comme s'il avait couru. Ou éprouvé une peur intense.

Elle allait se décider à dire quelque chose, histoire de rompre l'atmosphère de plus en plus oppressante, quand Bernhard parut soudain se souvenir de l'endroit où il était, et de sa présence à elle.

Il fit deux pas en avant, l'empoigna par les épaules et la serra contre lui, avec une force qui lui coupa quasiment le souffle, au point qu'elle en eut presque peur.

Mais, la seconde d'après, lorsque les lèvres de Bernhard se posèrent à la base de son cou et que ses deux mains glissèrent le long de son dos pour aller emprisonner ses fesses nues, sous le pyjaveste, elle se sentit envahie, balayée, submergée par le torrent d'une sensualité presque douloureuse à force d'être intense.

Alors, sans réfléchir davantage, repoussant dans un coin sombre de son cerveau toutes les questions, les doutes, les arguments qui, un instant avant se présentaient à elle en ordre serré, Stéphanie s'abandonna totalement.

Elle gémit lorsque deux mains impatientes lui arrachèrent son vêtement de nuit, et qu'une bouche avide se précipita sur son sein droit, le léchant, le mordant, le caressant doucement ou plus brutalement, le tout avec des grognements inarticulés qui ressemblaient presque à des sanglots.

Parce qu'elle était d'un naturel plutôt pudique et réservé en amour, Stéphanie fut stupéfaite de sentir ses propres mains glisser le long du torse de Bernhard et empoigner d'un geste sans équivoque la virilité qui s'érigeait puissamment dans son pantalon de cuir noir.

Ses doigts fébriles tâtonnèrent un petit moment, avant de parvenir à défaire les trois boutons métalliques. Puis, sans hésiter, elle les plongea dans l'ouverture et les referma autour de la hampe de chair dure et palpitante, dont le contact la fit haleter de désir.

Elle se sentit soulevée de terre avec une force affolante et irrésistible, et jetée littéralement sur le clic-clac qui gémit en la recevant.

Elle ouvrit les yeux juste à temps pour voir Bernhard s'agenouiller tout contre son épaule, empoigner son membre tendu à l'extrême et le diriger vers sa bouche entrouverte.

— Suce-moi ! gronda-t-il, sur un ton qui aurait été agressif si Stéphanie n'y avait senti affleurer un profond désespoir.

Se tournant sur le côté, elle écarquilla les lèvres et y fit lentement coulisser le pieu de chair brune qui palpitait comme un animal affamé.

Dès qu'il fut entré dans sa bouche brûlante, Bernhard se mit à donner de violents coups de reins, envahissant la gorge de sa partenaire, l'étouffant à moitié, se servant d'elle comme d'une vulgaire poupée gonflable.

Mais Stéphanie s'en fichait. Bernhard était là, après des semaines d'attente sans espoir; il enfonçait son sexe entre ses lèvres et ses doigts fouillaient son ventre débordant de désir; il était venu chercher son plaisir auprès d'elle; et c'était tout ce qui comptait pour l'instant.

L'Autrichien se retira brusquement de la bouche avide qui l'engloutissait, arrachant un petit cri de dépit à l'étudiante.

— Mets-toi à quatre pattes ! ordonna-t-il, d'une voix à peine reconnaissable. Et tends bien ton cul !

D'ordinaire, jamais Stéphanie n'aurait laissé un homme la traiter de cette façon ignoble, lui parler sur ce ton. Mais là, elle ne s'appartenait plus, et rien ne pouvait plus la choquer. Bien au contraire, elle éprouvait un trouble plaisir à se faire traiter comme un vulgaire objet de plaisir, une prostituée qu'on a payée pour qu'elle soit bien docile.

Fiévreusement, la jeune femme prit la pose exigée par son amant, et creusa les reins au maximum, pour faire ressortir le volume et l'arrondi de sa croupe pleine.

Elle faillit crier de bonheur lorsque les doigts de Bernhard aussi durs et habiles que des griffes, arrachèrent sa petite culotte de coton blanc, dévoilant le profond sillon de ses fesses et le buisson noir de son ventre, agité par une houle incontrôlable.

Et Stéphanie cria pour de bon lorsque Bernhard, derrière elle, l'empoigna par les hanches et pénétra son intimité en fusion, de toute la puissance de sa virilité, avec un long et grave feulement de bête blessée.

Sous les coups de boutoirs féroces du mâle qui la forçait, elle avait la sensation affolante que jamais aucun homme n'était allé aussi loin en elle, que jamais elle n'avait été si parfaitement, si complètement possédée. Et qu'elle ne le serait plus jamais.

Elle jouit exactement au moment où Bernhard explosait en elle à longs flots brûlants, enfonçant ses dents dans le rembourrage en mousse du canapé, pour empêcher ses cris de plaisir d'ameuter tout l'immeuble…

Puis, lorsque l'orgasme reflua peu à peu, elle se laissa tomber sur le ventre, le corps agité des derniers frissons du plaisir, tandis que Bernhard s'écroulait sur la moquette gris pâle et restait là, immobile, prostré, les épaules agitées par ce qui ressemblait à des sanglots.

Bouleversée de reconnaissance et d'amour, Stéphanie entoura sa tête de ses bras et lui caressa doucement les cheveux, un peu comme une mère le fait pour son enfant, réveillé par un cauchemar.

— Pourquoi ? murmura-t-elle d'une voix qui débordait de tendresse. Pourquoi justement ce soir ? Qu'est-ce qui s'est passé, mon amour ?

Bernhard releva lentement la tête et l'étudiante reçut un choc terrible au milieu de la poitrine.

Le visage de son amant était ravagé par les larmes qui semblaient s'écouler toutes seules de ses yeux injectés de sang.

Un air de total désarroi, de profond dégoût le rendait presque méconnaissable.

— Il fallait... bafouilla-t-il d'une voix blanche, totalement détimbrée. Il fallait que je me lave... tout de suite... C'est sale, tellement sale, si tu savais ! C'est ignoble... Je donnerais n'importe quoi pour oublier ça... Son corps nu... là-bas... J'aurais dû partir, partir tout de suite ! Partir avant que... Oh ! *mein Gott*...

Stéphanie lui ferma la bouche d'un baiser, long, tendre, passionné, amoureux. Parce qu'elle en avait vraiment envie, d'abord.

Et aussi parce qu'elle commençait à être effrayée des propos décousus de Bernhard, derrière lesquels elle croyait deviner une réalité terrible.

*

* *

Geneviève Cocherel étira langoureusement son corps nu, allongé sur la peau d'ours brun qui trônait devant la grande cheminée, où flambait un feu de sarments de vigne, odorant et crépitant. Les flammes vives et inégales inondaient de rouge et d'or sa peau satinée, jouant des courbes voluptueuses de son corps abandonné comme un peintre se sert du grain naturel de sa toile pour composer son œuvre.

Avec un soupir de bien-être, elle tendit la main en direction du jeune homme, assis en tailleur à sa droite, lui aussi complètement nu.

Comme par hasard, ou parce qu'ils étaient téléguidés par un petit dieu érotomane, les doigts de Geneviève se refermèrent sur la virilité assoupie qui, par trois fois depuis le début de la nuit, lui avait arraché des feulements de plaisir.

Elle se trouvait bien inspirée d'être allée flâner ce soir dans le quartier du Marais, très loin du XVIe arrondissement où elle vivait, et d'être entrée dans ce bar branché de la rue des Écouffes.

Pourtant, elle avait failli en ressortir presque aussitôt, en s'apercevant qu'il s'agissait d'un établissement à forte dominante gay.

Or, si Geneviève Cocherel s'était aventurée aussi loin de chez elle, c'était précisément pour trouver un homme, avec le maximum de discrétion.

Un homme inconditionnellement et puissamment hétéro, de préférence…

Mais, comme il y avait de l'animation, dans ce bar, que la musique afro-cubaine était de qualité, elle était restée. Et, dans la minute suivante, elle avait croisé le regard de Bruno, beau comme un rêve érotique, avec sa gueule de voyou à la Brad Pitt, et terriblement sexy dans son maillot débardeur moulant ses pectoraux et son ventre plat.

Moins d'une heure plus tard, elle le ramenait dans son duplex du boulevard Exelmans, à deux pas de la porte d'Auteuil. Et, depuis, ils faisaient l'amour, sans relâche, dans toutes les positions, s'accordant toutes les fantaisies imaginables.

Bruno avait le pouvoir d'exciter tellement Geneviève qu'elle avait même accepté qu'il la sodomise, faveur qu'elle n'accordait que très rarement à ses amants.

Et jamais quand ils possédaient un outil de la taille de celui qu'arborait son « Brad Pitt » d'un soir…

Sous la caresse nonchalante de ses doigts, Geneviève sentit le membre de Bruno reprendre vie, taille et consistance. Aussitôt, comme par une transmission magique entre eux, elle sentit son ventre gonfler, s'ouvrir, s'inonder d'une bienfaisante moiteur…

Le carillon de la porte d'entrée lui fit l'effet d'une douche glacée, et tout son corps se tendit.

— Tu attends quelqu'un ? demanda Bruno, sans s'émouvoir plus que ça.

— Bien sûr que non ! répondit Geneviève d'un ton un peu impatient, en se levant à regret de la peau d'ours, dont les longs poils un peu rêches lui chatouillaient délicieusement la peau. Ne t'inquiète pas : je me débarrasse du gêneur – ou de la gêneuse – et je reviens m'occuper de toi.

— J'espère bien, lâcha négligemment son amant. C'est que je ne suis pas encore rassasié de ton superbe cul de salope, moi !

Geneviève sortit du salon en frissonnant de plaisir, sous la brutalité obscène du compliment. Elle attrapa son déshabillé de soie blanche, et l'enfila tout remontant le couloir conduisant à la porte.

Elle fut stupéfaite de se retrouver face à Arnaud de Laroche-Gaillard. Encore plus stupéfaite de lui voir cette mine ravagée, la cravate de travers, les cheveux en désordre, et la bouche agitée par une sorte de tic nerveux qu'elle ne lui avait encore jamais vu.

Mais Geneviève Cocherel ne se démonta pas pour autant. Ce n'est pas pour rien qu'elle avait été surnommée *Terminator* par son ex-mari, quand il lui reprochait de toujours garder la tête froide.

— Qu'est-ce que tu fiches ici ? demanda-t-elle d'une voix sèche et coupante, sa voix de directrice des ressources humaines. Je croyais pourtant avoir été claire : tu ne viens jamais ici et je ne vais jamais chez toi...

— Je t'en prie, Geneviève, ce n'est vraiment pas le moment ! gronda Arnaud, d'une voix méconnaissable, où toute trace de gentillesse et même de simple courtoisie avait disparu.

Il fit un pas en avant pour entrer, malgré la remarque cinglante de la maîtresse de maison ; Geneviève lui barra le chemin, et dit d'une voix sifflante :

— Tu as entendu ce que je viens de te dire ? Va-t-en, Arnaud, rentre chez toi !

Avant qu'elle ait eu le temps de comprendre ce qui se passait, Geneviève Cocherel reçut sur la joue droite la plus magistrale gifle de toute son existence.

— Arrête de me donner des ordres comme à un gamin ! grinça Arnaud, le visage déformé par un rictus qui fit presque peur à la jeune femme. Je ne suis pas venu ici pour subir tes petites sautes d'autoritarisme, mais pour te baiser ! Tu m'entends, Geneviève ? C'est ton cul qui m'a attiré jusqu'ici, et rien que lui !

— Mais enfin, Arnaud, tu deviens fou ! murmura Geneviève, que l'étrange métamorphose de son amant commençait à déstabiliser un peu. Tu te rends compte de la manière dont tu me parles ?

— Je te parle comme à la pute que tu es ! Et maintenant, ajouta-t-il en la saisissant avec violence par le bras et en l'entraînant en direction du salon, viens par là : on a assez discuté ! Il est temps de baiser !

Traînant Geneviève derrière lui, il s'engouffra dans la grande pièce, uniquement éclairée par les sarments de vigne qui crépitaient doucement dans l'âtre, ainsi que par deux chandeliers en argent, de quatre bougies chacun.

Il resta quand même interloqué durant quelques secondes, en découvrant sur la peau d'ours un jeune type négligemment allongé, entièrement nu... et en pleine érection. Geneviève profita de sa surprise pour se dégager de son emprise et s'éloigner de quelques mètres, en direction de la cheminée et de Bruno.

— Tiens, je sens qu'on va passer du duo au trio ! remarqua celui-ci, sans que cette éventualité ne paraisse l'émouvoir outre mesure. Soyez le bienvenu, mon vieux ! Moi, c'est Bruno… Et vous ?

Le visage d'Arnaud s'éclaira d'un sourire mauvais, et il darda sur Geneviève ses yeux flamboyants, que le reflet rouge et or des flammes rendait encore plus inquiétants, presque sauvages.

— Alors, c'est ça, hein ? articula-t-il avec une ironie mordante. Madame Cocherel se fait sauter comme une truie, par le premier imbécile venu !

— Eh ! oh ! doucement quand même ! protesta Bruno, dont le visage ne trahissait pourtant pas la moindre contrariété.

Arnaud ignora l'interruption. Il bondit sur Geneviève, lui arracha son déshabillé, la saisit par un bras et la projeta violemment en direction de la peau d'ours :

— Eh bien, puisque tu as envie de te faire sauter, tu vas être servie, ma belle ! Ça tombe bien, j'avais besoin de me détendre les nerfs, figure-toi ! Allez, vas-y, montre-moi comment tu pompes cette superbe queue qui ne demande que ça !

— Le fait est… risqua Bruno, en baissant des yeux complaisants vers sa verge tendue.

Le rouge aux joues, les yeux encore pleins de larmes à la suite de la gifle phénoménale qu'Arnaud lui avait assénée, Geneviève sentit soudain toute sa colère s'évanouir d'un coup.

Pour laisser la place, au plus profond de son ventre, à une sorte de brasier, aussi coloré et vif que le feu qui brûlait dans la grande cheminée de pierre.

Elle regarda tour à tour les deux hommes avec des yeux brillants. Bruno, d'abord. Il souriait d'un air dégagé, presque béat, tout en entretenant mollement du poignet sa formidable érection. Visiblement, il n'avait rien contre une petite partie à trois.

Arnaud ensuite. Il avait toujours cet air buté, sauvage, prêt à tout. Et Geneviève, sans bien démêler le pourquoi du comment, sentit son attirance pour lui prendre une intensité nouvelle, un regain de puissance.

Là, depuis qu'il était entré, Arnaud ne jouait plus la comédie du mâle dominateur, comme aux *Servantes d'Aphrodite* : il l'était vraiment.

Le feu aux tempes, l'esprit affolé par cette situation inédite, Geneviève baissa les yeux, et murmura d'une petite voix soumise :

— Comme tu voudras, mon chéri…

Elle se laissa tomber à genoux sur la peau d'ours, entre les cuisses écartées de Bruno. Puis, elle se pencha en avant, jusqu'à ce que ses lèvres avides entrent en contact avec la superbe matraque de chair qui oscillait lourdement devant son visage.

Tout en l'engloutissant, centimètre par centimètre, elle creusa les reins, pour bien faire ressortir le profond sillon de sa croupe ronde et charnue, dont la peau satinée frissonnait légèrement.

Au moment où la verge palpitante venait buter contre le fond de sa gorge, Geneviève sentit les mains d'Arnaud s'agripper à ses hanches; avec une puissance presque brutale qui la fit trembler de désir.

Elle prit conscience que la fleur la plus secrète de son intimité s'ouvrait, s'épanouissait en une corolle parfumée et emperlée de rosée.

L'instant d'après, la bouche toujours envahie par le membre qui la pilonnait en douceur, elle émit une sorte de râle étouffé et heureux.

Arnaud venait de plonger en elle d'une seule poussée, et la possédait de toute sa virilité, de toute sa jeunesse, de toute sa rage.

Geneviève sut immédiatement qu'elle allait jouir comme jamais. Plus fort, plus intensément, plus longtemps que tout ce qu'elle avait connu jusque-là en matière d'orgasme.

Mais au plus fort de la bourrasque érotique qui s'apprêtait à l'emporter, une petite partie de son cerveau continuait de fonctionner normalement.

Et cette partie-là se demandait avec une certaine inquiétude ce qui avait bien pu arriver à Arnaud de Laroche-Gaillard pour le mettre dans un tel état...

CHAPITRE XI

— Tu es vraiment sûr de ton coup, Boris ? demanda Aimé Brichot, alors que Corentin et lui s'engouffraient dans le hall d'immeuble où se trouvait la porte d'accès aux *Servantes d'Aphrodite*.

— Je ne suis sûr de rien, Mémé, lui répondit-il, presque sèchement, en enfonçant le bouton de la sonnette. On va y aller au bluff, en espérant que ça marchera...

Aimé Brichot se remit à tortiller nerveusement la pointe de sa moustache. Depuis qu'ils avaient quitté la chambre d'hôtel où avait été assassinée Lorraine Champeaux – alias Gwendoline –, Boris Corentin avait obstinément refusé de lui dire le nom du coupable, qu'il pensait avoir découvert. Sous prétexte qu'il n'était pas « sûr de son coup », justement. Tout en lui donnant rendez-vous à trois heures devant *Les Servantes d'Aphrodite*, parce que c'était là, toujours d'après Corentin, qu'ils avaient le plus de chances de le cueillir.

La porte s'ouvrit sur le sourire mécaniquement commercial de Sylvia. Lequel sourire s'évanouit, dès qu'elle identifia les deux policiers.

— Encore vous ? dit-elle sur un ton volontairement renfrogné. Vous allez finir par prendre racine, si ça continue...

Elle s'effaça néanmoins pour les laisser entrer, et les suivit dans l'escalier.

En bas, Boris Corentin fut doublement soulagé. D'abord de constater que Sonia (ou plutôt Véronique...) n'était pas parmi les quatre filles présentes pour l'instant désœuvrées. Après la nuit qu'ils avaient passé ensemble, il lui aurait été assez désagréable – et ce, sans être particulièrement bégueule – de la voir réendosser son costume d'hôtesse...

Mais surtout, du premier coup d'œil circulaire dans le bar quasiment désert, il avait tout de suite enregistré la présence, au bout du comptoir, de la personne qu'il comptait bien y trouver.

Bernhard Hochwald, l'amant officiel de Sylvia, la barmaid.

Corentin se pencha vers Brichot, pour lui souffler discrètement :

— Installe-toi à une table et commande-toi un verre : je pense qu'il vaut mieux que je l'entreprenne seul, dans un premier temps...

Laissant son coéquipier, Boris s'avança jusqu'au bar et se jucha sur le tabouret voisin de celui de Bernhard ; lequel, les yeux abîmés dans son verre de bière, ne parut même pas s'apercevoir de sa présence.

— Qu'est-ce que je vous sers ? demanda Sylvia, d'une voix déjà plus aimable.

— Une bière, répondit Boris avec un grand sourire. Et mettez-en une aussi pour mon voisin, pendant que vous y êtes...

La barmaid fronça les sourcils, entrouvrit les

lèvres pour dire quelque chose, mais finalement se ravisa et se retourna vers les armoires réfrigérées. Elle posa une Heineken devant chacun des deux hommes, et dit à son amant, d'un ton morose :

— Bernhard, ce monsieur t'offre une bière...

En entendant son prénom, l'Autrichien leva lentement la tête, et tourna vers Boris ses yeux injectés de sang et perpétuellement larmoyants. Celui-ci nota qu'il avait le teint particulièrement terreux et les orbites profondément cernées, comme quelqu'un qui a passé une très mauvaise nuit, pour ne pas dire carrément blanche.

— En quel honneur vous m'offrez une bière ? demanda Bernhard Hochwald, d'une voix légèrement pâteuse. Je ne vous connais pas...

— Justement, c'est pour faire connaissance ! répondit Boris avec un entrain bien joué.

— Pas envie de vous connaître, marmonna l'Autrichien d'un ton rogue.

— Monsieur est de la police, Bernhard, s'empressa de l'avertir Sylvia, qui le couvait d'un regard inquiet, comme si elle s'attendait à une catastrophe imminente.

— Rien à foutre, grommela Hochwald, après avoir avalé d'un seul coup de glotte près de la moitié de son verre.

Sans se démonter, Corentin désigna de l'index le ceinturon de cuir de son voisin, et dit avec un grand sourire :

— Tiens ! vous avez changé ? Vous ne portez plus celui à tête d'aigle ? Il était pourtant très original. Un peu voyant, peut-être...

Le sourire de Boris Corentin disparut comme par enchantement, et il ajouta, d'une voix plus sourde :

— Et puis, surtout, il doit être très gênant, quand on veut serrer une femme dans ses bras. Quand on la serre très fort... « jusqu'à l'étouffer », comme on dit couramment. C'est le genre d'ornement qui risque de lui laisser de vilaines traces sur le ventre, vous ne croyez pas ?

— Eh là ! où on va comme ça ? intervint Sylvia, d'une voix que l'inquiétude rendait agressive. Qu'est-ce que c'est que ces histoires ? Vous n'êtes quand même pas en train de soupçonner Bernhard de...

— Je vous rappelle que Clémentine Souveyrac a été assassinée à l'intérieur des *Servantes d'Aphrodite* la coupa sèchement Corentin. Donc, toutes les personnes qui s'y trouvaient au moment du meurtre sont suspectes. Et principalement celles qui savaient que la clé permettant d'accéder à la chambre froide se trouve accrochée au-dessus de l'évier. Donc, M. Hochwald est suspect... et vous aussi, par la même occasion !

Sylvia Tournières pâlit, ouvrit la bouche, la referma, la rouvrit à nouveau, puis se détourna des deux hommes et s'absorba dans le comptage de ses bouteilles.

Boris Corentin resta silencieux quelques secondes, les sourcils froncés. S'il continuait à essayer d'interroger l'Autrichien ici, dans l'enceinte du bar, il risquait à tout moment de devoir subir des « interventions parasites ». Mieux valait d'abord l'isoler.

— Et si nous allions poursuivre cette intéressante discussion dans un endroit plus tranquille, M. Hochwald ? suggéra-t-il d'une voix à la fois douce et ferme.

— Pas envie de bouger, grommela l'autre.

Le sourire de Corentin disparut comme par enchantement.

— Le point d'interrogation était de pure forme, cracha-t-il en glissant sa plaque de policier sous le nez de l'Autrichien. Monsieur Hochwald, je vous prie de me suivre sans faire d'histoire. Sinon, je vous fais embarquer *manu militari*.

Bernhard parut enfin comprendre ce qui se passait, et son teint devint encore plus cireux.

— Très bien, très bien, je viens avec vous, bredouilla-t-il, en descendant maladroitement de son tabouret. Mais je ne comprends rien à ce que vous me voulez...

En se retournant vers la salle, Boris Corentin faillit éclater de rire, malgré la tension qui l'habitait. Aimé Brichot était aux prises avec une grande blonde qui, ignorant sans doute qu'il était policier, faisait son travail d'hôtesse consciencieuse, voulant à tout prix qu'il glisse sa main sous sa mini-robe, afin de vérifier qu'elle ne portait pas de culotte...

Bon prince, Corentin arracha son coéquipier des griffes de ce « succube » et, encadrant un Bernhard Hochwald légèrement titubant, ils quittèrent *Les Servantes d'Aphrodite*.

Une demi-heure plus tard, les trois hommes pénétraient dans les bureaux de la Brigade Mondaine, au deuxième étage du 36 quai des Orfèvres.

Durant tout le trajet en voiture, de Levallois à l'île de la Cité, Bernhard Hochwald n'avait pas arrêté de se recroqueviller sur lui-même, donnant des signes de plus en plus visibles de nervosité.

Quand la porte des Affaires Recommandées se referma sur lui, il se mit carrément à trembler.

— Pourquoi m'avez-vous amené là ? se plaignit-il, en pleurant presque. Je n'ai rien fait ! Laissez-moi tranquille !

Sans trop de douceur, Boris Corentin le prit par les épaules et le força à s'asseoir sur la chaise qui se trouvait juste derrière lui.

Il était déterminé à attaquer Hochwald frontalement, sentant en lui un être faible, sans repère, déboussolé, prêt à s'effondrer, si on le poussait suffisamment fort et dans la bonne direction.

— Monsieur Hochwald, attaqua-t-il d'une voix tranchante, la question n'est plus de savoir si vous avez tué, mais pourquoi. Comme je vous l'ai déjà plus ou moins dit tout à l'heure, ce sont les marques que l'on a trouvées sur le corps de Clémentine Souveyrac qui nous ont mis sur votre piste. Parce que ces marques, monsieur Hochwald, c'est vous qui les lui avez faites, avec la boucle de votre ceinturon ! En vous appuyant sur elle de toute votre force, pour l'empêcher de se débattre pendant que vous l'étouffiez en lui mettant la tête dans le sac plastique !

— Vous êtes fou ! cria presque l'Autrichien. Je suis innocent ! Je ne comprends rien ! Rien…

Mais, en même temps, touts ses muscles s'étaient tendus, et ses yeux roulaient très vite de droite à gauche. Exactement comme un homme qui se sait traqué, et cherche désespérément une issue pour s'enfuir. Aimé Brichot le remarqua lui aussi et, mine de rien, se déplaça de deux mètres, de façon à se trouver entre Hochwald et la porte du bureau...

— Donc vous avez tué Mlle Souveyrac, reprit Corentin, avec un calme effrayant. Ensuite, il vous a été facile de l'enfermer dans la chambre froide, grâce à la clé que vous avez subtilisée à son clou, sous le comptoir, en profitant, je suppose, d'un moment d'inattention de Sylvia Tournières...

Boris Corentin s'accroupit devant l'Autrichien, qui tremblait de tous ses membres et plongea ses yeux froids dans les siens, qui papillotaient à toute vitesse :

— Pourquoi vous l'avez assassinée, c'est ce que vous allez nous apprendre tout à l'heure, monsieur Hochwald. Mais, avant, il nous faut parler de votre deuxième meurtre ; de Lorraine Champeaux, que vous avez également étouffée, hier soir, dans un hôtel du VIIe arrondissement.

Les yeux de Bernhard se dilatèrent, comme sous l'effet d'une intense stupéfaction teintée d'épouvante.

— Ce n'est pas vrai ! se mit-il soudain à hurler. Ce n'est pas moi ! Je ne connais pas cette fille ! Je n'ai tué personne d'autre que...

Il s'interrompit net, la bouche ouverte. Conscient qu'il venait de plonger lui-même au fond du gouffre.

Corentin décida qu'il fallait sérier les questions, et surtout ne pas lui laisser le temps de se reprendre.

— Donc, dit-il de sa voix froide, presque impersonnelle, vous avouez avoir tué Mlle Clémentine Souveyrac, lundi soir, aux *Servantes d'Aphrodite*. C'est bien ça, monsieur Hochwald ?

L'Autrichien resta deux ou trois secondes comme tétanisé, puis, brusquement, il s'effondra en sanglots, la tête entre les mains.

— Oui, je l'ai tuée ! hoqueta-t-il avec une sorte de rage désespérée. Il le fallait, pour sauver Sylvia, il le fallait ! Alors je l'ai tuée… Comprenez-moi : je ne pouvais plus laisser ce porc de Luigi Parmini me voler Sylvia, la tripoter, et même la sauter sous mes yeux ! J'allais en crever, moi ! Alors, l'autre soir, l'idée a germé dans mon esprit : il suffisait qu'on trouve un cadavre chez Parmini, pour que son bar soit aussitôt fermé par les flics ! Et pour un bout de temps, encore ! Du coup, je récupérais Sylvia pour moi tout seul…

— Seulement, c'est très difficile de trouver un cadavre, dit doucement Corentin, qui commençait à comprendre. Alors, vous vous êtes dit que la seule solution, c'était de le « fabriquer » vous-même, en quelque sorte. Et lundi dernier, avec Clémentine Souveyrac, la nouvelle hôtesse, l'occasion s'est présentée. Vous l'avez entraînée dans le local où se trouve la chambre froide, après en avoir subtilisé la clé, et vous l'avez étouffée avec ce qui vous tombait sous la main : un sac plastique. Ensuite, vous l'avez déshabillée et planquée dans le frigo. Puis, vous êtes ressorti tranquillement, et vous avez remis la clé en place. Ni vu ni connu…

Hochwald releva la tête avec violence et regarda Corentin. Ses yeux brillaient d'un éclat dément, et ses lèvres minces étaient déformées par une sorte de rictus suppliant :

— Oui, c'est vrai, j'avoue ! C'est comme ça que ça s'est passé. J'étais comme fou, je... je ne réfléchissais plus. Mais pas l'autre ! Pas l'autre fille ! Ce n'est pas moi ! Je n'ai tué personne d'autre ! Il faut me croire !

Il parut soudain prendre conscience de quelque chose, et un mince sourire éclaire fugitivement son visage ravagé.

— À quelle heure ? demanda-t-il très vite. À quelle heure la deuxième a-t-elle été tuée ?

— Hier soir, entre onze heures et onze heures et demie, répondit Aimé Brichot, qui s'était rapproché.

— Eh bien ! vous voyez ! exulta Bernhard Hochwald, en sautillant sur sa chaise. Ça ne peut pas être moi : j'étais chez elle ! En train de la baiser !

Boris Corentin et Aimé Brichot échangèrent un regard perplexe, puis Boris se pencha vers l'Autrichien :

— Qui ça, « elle » ? Où prétendez-vous avoir été, hier vers onze heures, monsieur Hochwald ?

— Stéphanie ! répondit-il à toute vitesse. Stéphanie Fabri, c'est comme ça qu'elle s'appelle ! Une étudiante en je ne sais quoi, elle habite Levallois, rue Carnot. Elle est amoureuse de moi, je le sais depuis un bout de temps. Et, hier, comme j'avais besoin de me détendre les nerfs après une engueulade avec ce sale porc de Luigi Parmini, je suis allé chez elle pour la baiser. Et je ne l'ai pas quittée avant trois heures du matin. Demandez-le lui, si vous ne me croyez pas !

Sur un signe discret de Corentin, Brichot empoigna son portable et sortit du bureau.

Il revint moins de cinq minutes plus tard et fit un petit signe de tête à sa flèche, qui en comprit parfaitement la signification : Aimé Brichot avait réussi à joindre Stéphanie Fabri par téléphone, et elle lui avait confirmé l'alibi de Bernhard Hochwald pour hier soir.

Les sourcils froncés, Boris Corentin fonça vers la porte du bureau et fit signe au gardien de la paix en faction au bout du couloir de venir :

— Vous allez me surveiller ce zigoto-là pendant cinq ou dix minutes, lui ordonna-t-il : je dois parler seul à seul avec le capitaine Brichot...

Ce dernier le rejoignit dans le couloir et, ensemble, ils s'engouffrèrent dans un petit bureau vide. Tous les deux arboraient la même mine préoccupée.

— Je suppose que tu te dis la même chose que moi, fit Aimé Brichot. Si, comme il semble probable, Bernhard Hochwald n'a pas tué la fille dans la chambre du *Royal Picquet*, alors qui ? Et pourquoi ?

— Oui, c'est par là que j'ai commencé, reconnut Boris Corentin, en allumant une cigarette et en soufflant nerveusement la première bouffée en direction du plafond. Je suis sûr qu'il nous dit la vérité : un type dans un tel état de délabrement nerveux n'est plus capable de mentir. Et puis, si son but était vraiment de faire fermer le bar de Luigi

Parmini, on ne voit vraiment pas ce qu'il escomptait en allant tuer une autre fille, dans un bar n'appartenant pas à l'Italien !

— Alors ?

Boris Corentin regarda son fidèle coéquipier et ami d'un œil plutôt sombre, les lèvres crispées sur le filtre de sa cigarette légère.

— Alors, finit-il par répondre, je ne vois qu'une explication pour que cette fille ait été tuée exactement comme la première : quelqu'un a profité du premier meurtre pour détourner notre attention, brouiller les pistes, si tu préfères, en en tuant une seconde.

— Mais enfin, ça ne tient pas debout ! s'insurgea Aimé Brichot. Puisque l'assassin de Clémentine Souveyrac est Bernhard Hochwald, personne n'avait de raison sérieuse pour faire ce que tu dis !

— Si, Mémé, répondit calmement Boris Corentin. Quelqu'un qui, à tort ou à raison, pensait qu'il serait le premier soupçonné, et qui a beaucoup à perdre à ce que soient révélées ses fréquentations régulières aux *Servantes d'Aphrodite*.

— Et tu penses à qui ? demanda encore Aimé Brichot.

Boris Corentin haussa les épaules :

— Eh bien, aux deux personnes que toi et moi avons justement soupçonnées en premier : Geneviève Cocherel et Arnaud de Laroche-Gaillard !

CHAPITRE XII

Un silence lourd tomba entre Boris Corentin et Aimé Brichot, finalement rompu par ce dernier.

— Je comprends mal comment quelqu'un d'innocent peut se rendre coupable d'un meurtre, juste pour éloigner les soupçons, à propos de celui qu'il n'a pas commis, murmura-t-il d'une voix pensive, où le doute affleurait nettement.

— La panique, répondit Corentin, en écrasant son mégot dans le cendrier du bureau le plus proche de lui. C'est bien pourquoi je pense que le coupable du meurtre de Lorraine Champeaux, hier soir, est plutôt Arnaud de Laroche-Gaillard que Geneviève Cocherel : apparemment, d'après tous les témoignages qu'on a eus, c'est une femme à la tête froide, limite calculatrice. Je la vois mal paniquer pour rien.

— Tandis qu'Arnaud, lui, a un côté fils à papa trop gâté, qui lui donnerait davantage le profil que tu dis, enchaîna Aimé Brichot. D'autant que, dans son cas, un simple soupçon peut suffire à l'écarter définitivement de la succession de son père à la tête des Sept- Voiles, et il doit bien s'en rendre compte. Seulement, il faudrait quand même avoir plus que de simples présomptions…

— Il y a un moyen, fit Boris Corentin, en se levant brusquement de sa chaise. Il suffit de passer voir notre ami le « gérant » des badges, aux services généraux de la société, de lui demander un double de la photo d'Arnaud de Laroche-Gaillard, et de filer avec à *La Flèche de Cupidon*, le bar à hôtesses où travaillait Lorraine Champeaux. Et moi, je te parie qu'Arnaud y était hier soir. Sinon, comment aurait-il su où retrouver sa victime ensuite ?

— Eh bien ! allons-y, qu'est-ce qu'on attend ? fit Aimé Brichot, en se dirigeant vers la porte.

Une petite heure plus tard, le même Aimé Brichot enfonçait la sonnette de plastique blanc, située à droite de la porte de *La Flèche de Cupidon*.

Quelques secondes plus tard, le petit guichet de métal noir s'ouvrit de l'intérieur, sur deux yeux bleus, violemment fardés de violet. Sans dire un mot, Boris Corentin présenta sa plaque de policier à hauteur de la petite ouverture rectangulaire.

La porte s'ouvrit aussitôt, sur une femme blonde, grassouillette, d'une quarantaine d'années, aux traits un peu « lourds ».

— Qu'est-ce que vous me voulez ? demanda-t-elle d'une voix éraillée de grande fumeuse. Je suis en règle…

— La question n'est pas là, répondit aimablement Corentin en entrant dans la grande pièce toute en longueur, à l'éclairage très tamisé. Nous avons juste un petit renseignement à vous demander…

Dans la salle, trois tables étaient occupées par des

hommes seuls, auxquels une hôtesse tenait compagnie. Devant chaque couple ainsi formé, la traditionnelle bouteille de champagne. Des haut-parleurs invisibles diffusaient en sourdine *C'est Extra*, l'une des chansons les plus érotiques de Léo Ferré. Décidément, on était nettement rétro, sur le plan musical, dans les bars à hôtesses...

Une fois qu'ils eurent atteint le comptoir de bois verni, au fond de la salle, Boris Corentin exhiba la photo d'Arnaud de Laroche-Gaillard qu'Antoine Fauconnier, des services généraux des Sept- Voiles leur avait scannée une demi-heure plus tôt, à Levallois.

— Est-ce que vous avez déjà vu cet homme ici ? demanda-t-il, en regardant la grosse blonde droit dans les yeux. Ou, plus précisément, est-ce qu'il est venu hier soir ? Ou bien, pour être encore plus précis : était-il ici pendant que Gwendoline y était ?

Le visage de « madame Françoise », comme l'appelaient ses hôtesses, se ferma brusquement, et elle prit un air douloureusement peiné pour répondre, dans un gros soupir qui fit trembloter son imposante poitrine :

— Voyons, monsieur l'inspecteur, vous savez bien que je ne peux pas me permettre de trahir comme ça les petits secrets de mes clients ! Ils ont droit au respect de leur vie privée, comme tout le monde...

Le regard de Boris Corentin se fit plus dur, et il répliqua d'une voix doucereuse :

— Le respect de leur vie privée, hein ? Moi, c'est le respect de la vie tout court qui m'intéresse, figurez-vous ! Or, dois-je vous rappeler qu'hier soir une de vos hôtesses a été assassinée, alors qu'elle sortait tout juste d'ici ?

La voix de Corentin se fit encore plus insidieuse :

— Je suis sûr que vous ne voudriez pas que je fasse fermer votre bar, durant le temps que va durer l'enquête, n'est-ce pas ? D'autant que ça peut être long, très long même ! Suffisamment pour que vos clients prennent de nouvelles habitudes ailleurs...

— Bon, ça va, maugréa la tenancière, pas la peine de sortir l'attirail des grandes menaces, j'ai compris ! Oui, ce type était là, hier soir. Un chieur, entre parenthèses : il a bu en tout et pour tout un Coca, et il a refusé systématiquement toutes les filles qui ont essayé de l'aborder !

— Il était installé où, exactement ? demanda Aimé Brichot.

Madame Françoise eut un geste vague de la main droite :

— Là-bas, dans le coin, au bout du comptoir...

— Et Gwendoline, elle était où, elle ? insista Boris Corentin.

— Eh bien, mais... au bar aussi, avec son client. Juste à côté de votre type, maintenant que j'y pense.

Corentin et Brichot échangèrent un regard entendu. Ce voisinage de comptoir confirmait leur hypothèse : Laroche-Gaillard avait dû entendre Lorraine Champeaux donner rendez-vous à son client, et devancer celui-ci pour la tuer.

Quant au client en question, les deux policiers savaient, depuis la veille au soir, qu'après avoir alerté le veilleur de nuit de l'hôtel de ce qu'il venait de découvrir dans la chambre 12, il s'était tout simplement évanoui dans la nature, sans doute peu soucieux d'être interrogé par la police. Comme c'était la première fois, d'après l'interrogatoire de madame Françoise, qu'il venait, et qu'il avait payé sa note en liquide, on avait peu de chance de le revoir.

— Ça se précise, on dirait, nota Aimé Brichot, une fois qu'ils furent ressortis de *La Flèche de Cupidon*.

Boris Corentin ne répondit pas, occupé qu'il était à composer un numéro sur son téléphone portable.

— Tu appelles qui ? s'informa Brichot.

— Les Sept-Voiles, répondit Boris. Je pense qu'il est grand temps d'avoir une conversation sérieuse avec M. de Laroche-Gaillard fils, tu ne crois pas ?

Du bout du pouce, il appuya sur la touche de composition du numéro. À la deuxième sonnerie, une voix féminine agréable lui répondit.

— Bonjour, mademoiselle, je voudrais parler à M. Arnaud de Laroche-Gaillard je vous prie.

— Je vous passe son assistante, monsieur, veuillez rester en ligne...

Quelques secondes plus tard, s'annonça une autre voix féminine, plus grave celle-là, à qui Corentin renouvela sa demande.

— Ah ! vous n'avez pas de chance, monsieur, lui répondit l'assistante. M. de Laroche-Gaillard vient juste de s'absenter pour environ une heure. Puis-je prendre un message ?

— Non, c'est inutile, répondit Corentin. en revanche, si vous pouviez me passer le bureau de Mme Cocherel...

— Bien sûr, je vous passe son assistante, ne quittez pas s'il vous plaît…

Il y eut à nouveau quelques secondes d'attente, puis une troisième voix féminine retentit, celle de Patricia Simon, à qui Brichot et lui avaient déjà eu affaire.

Boris Corentin se présenta rapidement, puis demanda à parler à Geneviève Cocherel. La réponse de Patricia Simon ne le surprit qu'à moitié :

— Ah ! vous n'avez pas de chance, monsieur Corentin : Mme Cocherel vient juste de s'absenter pour une petite heure…

— Ça peut très bien être une coïncidence, objecta Aimé Brichot, après que Boris Corentin lui eut expliqué ce qui se passait.

— Ça peut, admit-il. Mais moi, j'ai dans l'idée que ça n'en est pas une. D'ailleurs, on va le savoir très vite…

Il sélectionna sur son portable le numéro des *Servantes d'Aphrodite*, qu'il avait pris la précaution de mettre en mémoire, dès le début de l'enquête. Ce fut Sylvia Tournières qui répondit. Boris se fit reconnaître et, tout de suite, la barmaid lui demanda des nouvelles de Bernhard Hochwald, d'une voix un peu tendue.

Corentin préféra éluder : inutile d'affoler la jeune femme maintenant.

— Pouvez-vous me dire si Geneviève Cocherel et Arnaud de Laroche-Gaillard sont chez vous en ce moment ? lui demanda-t-il carrément.

Il sentit une hésitation très nette, à l'autre bout du fil, et il enfonça le clou :

— En fait, je sais qu'ils sont là, c'est juste une vérification. Ça serait mieux que vous jouiez franc jeu avec moi, madame Tournières...

— Oui, ils sont là, en effet, dit-elle dans un souffle. Vous voulez leur parler ?

— Surtout pas ! s'empressa de dire Corentin. Et même, je vous demande instamment de ne pas leur parler de mon appel, on est bien d'accord ?

Sylvia l'ayant assuré de son silence, il raccrocha, puis se tourna vers Aimé Brichot :

— C'est parfait comme ça, dit-il d'une voix satisfaite. On va se pointer illico aux *Servantes d'Aphrodite* et surprendre nos deux oiseaux en plein milieu de leurs joyeux débordements. Ce qui va mettre ce cher Arnaud dans un état d'infériorité morale qui, j'espère, rendra ses aveux plus faciles à obtenir. Allez, en route, Mémé !

*

* *

Lorsque Geneviève Cocherel ressortit du vestiaire des hôtesses, vêtue d'une minirobe qui dévoilait ses cuisses jusqu'au ras des fesses et laissait les trois quarts de sa poitrine à nu, elle constata qu'Arnaud était déjà là. Au bar, en grande conversation avec Sylvia.

Dans la salle, deux des filles étaient « en main » : Alexandra avec un mandataire de Rungis qui venait là, régulièrement, une fois par semaine, et ne voulait avoir affaire qu'à elle ; et Sybille, qui tenait compagnie à un type plus jeune que la moyenne des clients, et qui la dévorait d'un regard passionné, comme s'il s'apprêtait à la demander en mariage.

En ondulant des hanches, Geneviève – redevenue Salomé par sa tenue et son maquillage outrancier – s'approcha de son amant et de la barmaid.

Sauf qu'aujourd'hui, elle avait eu beau revêtir sa tenue de combat, se peindre les lèvres et les paupières, et dénouer ses longs cheveux blond cendré, la magie n'opérait pas.

Elle ne parvenait pas à se sentir Salomé. Elle restait désespérément Geneviève Cocherel. Du coup, la manière dont elle était accoutrée lui semblait ridicule, pour ne pas dire odieuse.

Mais Arnaud avait exigé qu'elle se soumette à leur petit rituel, et, sans bien qu'elle-même comprenne pourquoi, elle avait cédé à son ton impérieux et sans réplique.

Peut-être parce que, depuis la veille au soir et leur petite séance à trois, avec Bruno, elle sentait confusément qu'Arnaud n'était plus le même. Son côté lisse, propre, dépourvu de zones d'ombre, avait disparu brusquement.

Pour être remplacé par un homme plus dur, presque inquiétant ; un homme dont on devinait qu'il était habité par un secret qu'il valait mieux se garder de percer à jour.

Alors, en attendant d'y voir plus clair, Geneviève avait préféré céder au caprice d'Arnaud. Parce que, pour la première fois depuis le début de leur étrange liaison, elle ne se sentait pas de taille à l'affronter de face.

En s'approchant d'eux, Geneviève fut frappé de

l'air grave de Sylvia et des traits tendus d'Arnaud. La barmaid se tourna aussitôt vers elle :

— J'étais en train de dire que je viens juste d'avoir un coup de fil vous concernant. Et il venait de Boris Corentin, l'un des deux policiers qui s'occupent de la mort de Clémentine Souveyrac. Il voulait que je lui confirme que vous étiez bien là…

— Et il lui a ordonné de ne surtout pas nous dire qu'il avait appelé, ajouta Arnaud, sans regarder sa maîtresse.

— Dans ce cas, c'est tout simple, dit celle-ci très calmement : je me rhabille et on s'en va avant qu'il n'arrive. Parce qu'il est évident qu'il va rappliquer ici d'une minute à l'autre.

Geneviève Cocherel se dirigeait déjà vers le vestiaire, mais Arnaud la rattrapa par le bras :

— Eh ! qu'est-ce qui te prend ? C'est toi-même, hier, qui m'expliquais qu'on avait rien à craindre des flics, puisqu'on avait rien fait. Alors ?

— Alors, ce n'est quand même pas la peine de tenter le diable ! répondit sèchement Geneviève, en essayant vainement de se dégager de l'emprise de son amant.

Arnaud eut un sourire illuminé, qui fit passer un frisson d'appréhension le long de la colonne vertébrale de Geneviève.

— Eh bien, moi, ça m'amuse beaucoup de le tenter, ton diable ! s'exclama-t-il avec un entrain un peu forcé. D'autant qu'on n'a vraiment rien à craindre de vos deux petits flics. À l'heure qu'il est, ils doivent être bien trop occupés à chercher le meurtrier de la deuxième fille pour venir nous faire des misères !

— La deuxième fille ? fit Sylvia Tournières, l'air surpris.

— Eh bien, oui, quoi : celle qui a été tuée hier soir, dans les mêmes circonstances que celle d'ici, répondit Arnaud, un peu trop vite.

Geneviève Cocherel sentit une coulée de sueur glacée dévaler le long de sa colonne vertébrale, et le sang se mettre à bourdonner à ses tempes. Elle se tourna vers son amant, et demanda d'une voix qu'elle voulait dégagée et naturelle :

— Arnaud, dis-moi : comment sais-tu qu'une autre fille a été tuée hier soir ?

Laroche-Gaillard resta quelques secondes la bouche entrouverte, ses yeux allant de très vite de droite à gauche, dans une sorte d'oscillation instinctive. Puis, il parut s'ébrouer mentalement et émit un petit rire qui ne sonnait pas très juste :

— Comment je suis au courant ? Mais est-ce que je sais, moi ! J'ai dû lire ça dans les journaux de ce matin, probablement. Ou l'entendre à la radio, quelle importance ?

— Quelle importance ? répéta Geneviève, qui sentait un grand calme descendre en elle, passé le premier choc. Je vais te le dire, mon pauvre Arnaud : il se trouve que, ce matin, mon ami qui travaille à la direction de la Police judiciaire m'a appelée, justement pour m'apprendre qu'un deuxième meurtre de fille avait été commis, dans les mêmes conditions que celui qui a eu lieu ici.

— Eh bien, tu vois !

— Seulement, il m'a également précisé que, pour l'instant, la police avait réussi à maintenir la presse en dehors de l'affaire et que, donc, personne n'était encore au courant.

Un silence lourd, tendu, presque palpable, retomba sur eux trois, uniquement troublé par les chuchotements et les petits rires d'Alexandra et Sybille, à l'autre bout de la pièce, ainsi que par la voix de usée et murmurante de Chet Baker qui, à la radio, chantait *My Funny Valentine*.

— Maintenant, Arnaud, je vais te dire comment il se fait que toi, tu étais au courant, finit par dire Geneviève Cocherel, d'une voix d'autant plus implacable qu'elle restait parfaitement douce et égale. C'est parce que c'est toi qui as tué cette pauvre fille, la nuit dernière. Parce que, comme un imbécile, tu as cru que ça suffirait à éloigner les soupçons de la police, concernant la fille qui a été assassinée ici. Et que, je suppose, tu as tuée aussi, n'est-ce pas ? Maintenant, je comprends mieux pourquoi, depuis hier soir, je trouve que tu as tellement changé. Ce n'est pas étonnant : on ne passe pas comme ça, impunément, du statut de brillant héritier à celui de vulgaire assassin !

Arnaud de Laroche-Gaillard resta tétanisé, fixant Geneviève avec des yeux dilatés par l'horreur, comme si elle était le diable en personne, capable de lire en lui à livre ouvert. Son teint était cireux, ses lèvres exsangues, et sa respiration hachée.

— Tu te trompes, Geneviève, finit-il par bredouiller, en passant machinalement les doigts dans ses cheveux trop bien peignés. La première, ce n'est pas moi, je te le jure ! L'autre... Mais c'était pour nous protéger, Geneviève ! Toi et moi ! C'est pour ça que j'ai... uniquement pour ça... Pour toi et moi...

Geneviève secoua deux ou trois la tête, l'air profondément accablé, puis se tourna vers Sylvia, qui, bouche bée, paraissait ne rien comprendre de ce qui se passait sous ses yeux.

– Appelle la police, lui dit-elle, d'une voix profondément triste, il faut en finir, maintenant...

Sans chercher à comprendre, habituée à obéir sans discuter, Sylvia décrocha le téléphone posé à sa gauche, et porta le combiné à son oreille.

Elle fut surprise de ne pas entendre la moindre tonalité.

Elle releva les yeux vers les deux autres, et comprit aussitôt ce qui se passait.

Bondissant derrière le comptoir, Arnaud venait de débrancher le fil reliant le téléphone à la prise murale.

— Personne n'appellera personne ! hurla-t-il, en brandissant la prise, comme s'il s'était agi d'une arme. À partir de maintenant, c'est moi qui décide de la suite des événements, c'est bien compris ?

En une fraction de seconde, son visage était passé du cireux à l'écarlate et ses pupilles, dilatées à l'extrême, cachant presque la totalité de l'iris, lui donnaient l'air d'un aveugle saisi de démence.

Dans la salle, les deux hôtesses et leurs clients, recroquevillés au fond de leurs fauteuils de velours grenat, se gardaient de faire le moindre geste ; à peine s'ils osaient encore respirer normalement.

Lâchant le fil du téléphone, Arnaud ressortit de derrière le bar et se rua sur Geneviève, qui venait de sortir son portable de son petit sac à main en croco noir.

Avant qu'elle ait compris ce qui se passait, elle reçut un formidable coup de poing à la base du menton, et partit violemment en arrière. Dans un cri de douleur, elle s'écroula sur les genoux d'Alexandra et de son client, qui l'aidèrent tant bien que mal à se remettre d'aplomb.

Arnaud écrasa le téléphone portable d'un coup de talon rageur.

C'est à ce moment-là que Sylvia Tournières comprit que les choses tournaient mal. Durant une fraction de seconde, elle hésita entre les deux solutions qui lui venaient à l'esprit : soit se ruer sur l'escalier de communication intérieure pour aller alerter Luigi Parmini, au restaurant ; soit ouvrir le tiroir situé sous la caisse, et en sortir le pistolet qui s'y trouvait, parce Luigi Parmini, qui l'avait rapporté en fraude des États-unis, tenait à ce qu'il y soit toujours rangé « au cas où ».

Finalement, après une très brève réflexion, Sylvia Tournières opta pour la deuxième solution.

Et elle eut tort.

Elle eut à peine le temps d'ouvrir le tiroir et d'y plonger la main qu'Arnaud était sur elle.

Il la saisit par la taille, pivota sur lui-même, et l'envoya bouler contre la porte du vestiaire des filles.

Puis, il plongea à son tour sa main dans le tiroir, dont il ressorti l'arme à feu avec un rugissement de triomphe :

— Eh bien ! voilà un joujou qui tombe à pic ! Maintenant, c'est moi le patron, et le premier qui bouge le petit doigt est mort !

Il braqua le canon vers la barmaid, qui se mit à trembler convulsivement :

— Toi, la pétasse, tu vas fermer à clé la porte de communication avec le restau. Allez, exécution immédiate !

Il dirigea son canon vers la salle :

— Vous, les blaireaux, fichez-moi le camp ! Et pas d'entourloupe, hein ?

Les deux hôtesses, leurs clients et Geneviève Cocherel se levèrent et se précipitèrent vers l'escalier. C'est-à-dire vers la délivrance.

— Non, pas toi, Geneviève ! cria Arnaud en pointant son pistolet vers elle. Toi, tu restes avec moi et l'autre conne : vous allez faire un gilet pare-balles tout à fait efficace, mes chéries !

Arnaud arracha des mains de Sylvia la clé de la porte de communication intérieure, et la glissa dans sa poche. Puis, il ferma les deux verrous supplémentaires qui, eux, ne pouvaient s'ouvrir que de ce côté-ci de la porte : il était tranquille de ce côté-là.

Quand ce fut fait, il se rua vers l'autre escalier, par où Alexandra, Sybille et leurs deux clients venaient de disparaître. Grimpant les marches quatre à quatre, il ferma également les trois verrous de la porte blindée, dont, là encore, deux ne possédaient aucune serrure extérieure, pour des raisons de sécurité.

Il redégringola les marches, pour retrouver Geneviève et Sylvia l'une près de l'autre, réfugiées au bout du bar. Transpirant à grosses gouttes, il s'avança vers elles et les fixa de son regard toujours aussi halluciné :

— Et maintenant, les filles, ouvrez bien vos oreilles, voilà ce qui va se passer…

*
* *

Boris Corentin était en train de tourner à gauche pour s'engager sur le quai Voltaire, lorsque la sonnerie de son portable retentit dans sa poche. Lâchant le volant d'une main, il prit le petit appareil et enclencha la communication. Il reconnut tout de suite la voix rocailleuse de Luigi Parmini et, aussitôt, son instinct l'avertit que la situation venait de basculer.

Et du mauvais côté.

Cette impression lui fut aussitôt confirmée par le patron italien :

— Commandant Corentin ? Il faut que vous veniez tout de suite, il y a du grabuge, en bas…

— Quel genre de grabuge ? demanda Boris, la voix tendue, tout en surveillant la circulation routière devant lui.

— Du genre meurtrier, répondit Parmini : Arnaud de Laroche-Gaillard s'est barricadé en bas avec ma barmaid, et Mme Cocherel. Il les tient sous la menace d'un flingue. Il dit qu'il ne veut avoir affaire qu'à vous, en ce qui concerne ses exigences…

— Très bien, fit Corentin, d'une voix qui se voulait apaisante. Surtout, que personne ne s'affole ni ne tente quoi que ce soit, c'est bien compris ? On arrive immédiatement, on sera là dans une dizaine de minutes.

Dès qu'il eut coupé la communication, Boris Corentin tourna brièvement la tête vers Aimé Brichot. Lequel, d'après les réponses de sa flèche, avait déjà pigé l'essentiel.

— Mémé, on est dans la merde, fit sobrement Corentin. Fais tout de suite mettre en place le dispositif d'urgence autour de la place Georges-Pompidou. Mais surtout, que personne ne prenne d'initiative avant qu'on soit sur place !

Tandis que Brichot tapotait fébrilement sur les touches de son portable, Corentin saisit le gyrophare qui se trouvait sous son siège, passa le bras par sa vitre ouverte et colla le signal sur le toit de sa voiture de service.

Puis, il enclencha la sirène et enfonça l'accélérateur.

*

* *

— Arnaud, il est encore temps de tout arrêter, murmura Geneviève, d'une voix aussi douce et persuasive que possible, tout en s'efforçant de réprimer le tremblement de ses mains croisées sur ses genoux.

— Ta gueule ! aboya Arnaud, debout contre le bar. Je t'ai assez entendu, figure-toi ! Tout va se passer exactement comme je l'ai prévu, fais-moi confiance.

Geneviève se tut et laissa son menton retomber sur sa poitrine. À côté d'elle, dans le fauteuil à droite du sien, Sylvia sanglotait doucement, la tête entre les mains, n'osant même plus lever les yeux vers l'arme qu'Arnaud pointait sur elle.

Cette arme qu'elle avait contribué directement à placer entre ses mains…

Geneviève Cocherel se mordit violemment la lèvre inférieure. Exprès. Pour que la simple douleur physique qu'elle s'infligeait prenne le pas sur la peur irraisonnée qu'elle sentait en train de l'envahir.

Or, dans l'état de nerfs où Arnaud se trouvait visiblement, elle savait d'instinct que si la panique commençait à gagner l'un d'entre eux trois, on allait droit au carnage.

Elle prit une profonde inspiration, avant de repartir à l'assaut de son ex-amant :

— Arnaud, il faut absolument que tu m'écoutes. Tout peut encore s'arranger. Je t'aiderai à t'en sortir, crois-moi. Tu ne peux pas nous traîner partout avec toi, Sylvia et moi, dans le seul but de te protéger…

Arnaud éclata d'un bref rire rauque :

— Toi ? M'aider ? Alors que ta première réaction a été de vouloir me dénoncer aux flics ? Laisse-moi rire !

Il redevint brutalement sérieux et enveloppa Geneviève d'un regard mauvais, qui la fit frissonner.

— Et puis, si ça peut te rassurer, gronda-t-il d'une voix à peine reconnaissable, je n'ai pas l'intention de m'embarrasser de vous deux, une fois que j'aurai obtenu satisfaction. Il n'y a que Sylvia qui part avec moi.

— Et… et moi ? parvint à demander Geneviève, après avoir dégluti avec difficulté.

Arnaud marcha droit sur elle, en jouant négligemment avec le pistolet qu'il tenait dans sa main droite.

— Toi ? Mais c'est tout simple, ma chérie ! dit-il, en appliquant le canon de son arme sur le front de sa maîtresse. Avant de sortir d'ici, je te collerai une balle dans la tête, pour te remercier d'avoir voulu me trahir !

*

* *

Les deux gardiens de la paix s'empressèrent d'écarter les barrières métalliques qui interdisaient l'accès à l'avenue de l'Europe, aussi bien aux voitures qu'aux piétons. Boris Corentin accéléra de nouveau pour entrer dans la zone interdite. Il freina brutalement à la limite de l'avenue et de la place Georges-Pompidou.

C'est-à-dire juste devant la vitrine de *Due Amici*, le restaurant de Luigi Parmini.

Tout autour, l'espace était envahi de voitures aux gyrophares clignotants, de policiers en civil ou en uniforme, dont certains, des hommes des brigades d'intervention spéciale, étaient équipés de gilets pare-balles et de fusils à lunettes de visée.

Les deux artères – avenue de l'Europe et avenue Georges-Pompidou – qui aboutissaient à la place avaient été fermées, et des gardiens de la paix veillaient à ce que personne ne franchissent les barrières.

D'autres étaient en faction devant chaque porte d'immeuble, pour empêcher les habitants d'en sortir, par mesure de précaution supplémentaire.

D'autres, enfin, scrutaient les étages et, dès qu'une tête de curieux apparaissait à une fenêtre, lui faisaient signe de disparaître à l'intérieur.

Tout cela sous une méchante petite pluie fine, glaciale et drue, qui ruisselait sur les façades, déjà salies par le temps et la pollution ambiante, et détrempaient les hommes jusqu'aux os.

Suivi par Aimé Brichot, Boris Corentin s'engouffra dans le restaurant *Due Amici*. La petite salle grouillait d'inspecteurs en civil, certains au téléphone, d'autres écrivant sur des coins de table, d'autres encore se contentant d'attendre la suite des événements en fumant cigarette sur cigarette.

D'un rapide regard circulaire, Corentin repéra tout de suite, à la grande table du fond de la salle, le commissaire principal Philippe Brunel, du SRPJ de Nanterre, et fonça droit sur lui. Luigi Parmini, la mine blafarde, était debout à côté de lui, tripotant nerveusement la grosse bague en or qu'il portait à l'auriculaire gauche.

En voyant Boris approcher, le commissaire principal se leva, lui tendit la main, et dit, d'un air visiblement soulagé :

— Ah ! Corentin, je suis content de vous voir arriver ! J'ai fait plusieurs tentatives pour essayer de discuter avec notre homme, mais rien à faire : il ne veut parler qu'à vous.

— Eh bien, appelons-le ! grommela Boris, les sourcils froncés.

Un jeune lieutenant s'empressa de lui composer le numéro correspondant au téléphone des *Servantes d'Aphrodite*, et lui tendit le combiné.

On décrocha à la quatrième sonnerie seulement, et ce fut une voix masculine qui aboya un « allô » plutôt agressif.

— Monsieur de Laroche-Gaillard ? Je suis Boris Corentin. Je viens d'arriver à Levallois et on me dit que vous souhaitez me parler…

Point de mire de tous les policiers présents dans le restaurant, Boris Corentin resta un assez long moment silencieux, se contentant de hocher la tête à mesure que son interlocuteur lui parlait.

— J'ai parfaitement compris, oui, finit-il par dire. Je transmets à mes supérieurs, et je vous rappelle d'ici un quart d'heure pour vous dire où on en est…

— Alors ? le pressa le commissaire principal Brunel, dès qu'il eut raccroché.

Boris Corentin le fixa d'un œil impassible :

— Il demande qu'une voiture soit devant la porte d'ici une demi-heure maximum. Avec des vitres blindées et teintées. Pour le conduire à Roissy. En attendant, il veut qu'on prépare le jet privé de son père, de façon à ce qu'il soit prêt à décoller dans une heure. Il relâchera ses otages dès qu'il sera à bord, et ne communiquera la destination au pilote qu'une fois en vol.

— Bon Dieu de merde ! jura le commissaire principal, ce salopard va trouver le moyen de nous filer entre les doigts ! Et une fois qu'il sera planqué dans je ne sais quel pays d'Amérique latine ou d'Asie, on peut toujours courir pour le récupérer.

— D'autant qu'avec tout le fric qu'il doit posséder dans tous les paradis fiscaux de la planète, il a de quoi vivre grassement et soudoyer tous les gens dont il aura besoin pour assurer sa sécurité et son « invisibilité », appuya Aimé Brichot.

— Et si on tentait d'entrer en force ? suggéra timidement le jeune lieutenant qui avait composé le numéro de téléphone du bar. On pourrait enfoncer en même temps les deux portes qu'il a verrouillées de l'intérieur, et…

— Certainement pas ! trancha Corentin d'une voix nette. Ce type joue son va-tout, ne l'oublions pas. Et il n'a sûrement pas les nerfs aussi solides qu'un vieux cheval de retour du grand banditisme. Il est capable de flinguer ses deux otages avant qu'on ait eu le temps de le maîtriser.

Le commissaire principal eut un geste de découragement :

— Dans ce cas, il n'y a plus qu'à en passer par ses exigences, vu qu'il n'existe aucun autre moyen de pénétrer dans ce foutu bar…

Boris Corentin fut comme secoué par une décharge électrique.

Ce fut si discret que personne ne remarqua rien… à l'exception d'Aimé Brichot, qui scruta sa flèche d'un œil légèrement inquiet.

— Il me vient une idée idiote… murmura Corentin, les yeux dans le vague.

Cinq ou six têtes se tournèrent en même temps vers lui et l'enveloppèrent de regards avides.

— Eh bien, dites, dites ! le pressa le commissaire Brunel. Au point où nous en sommes, même les idées idiotes sont les bienvenues !

Boris Corentin se tourna vers lui :

— Vous venez de dire que les deux portes verrouillées étaient les seuls accès au bar, monsieur le principal. Ce n'est pas exact : il y a un troisième accès...

— C'est idiot ! grommela Luigi Parmini. Je connais quand même mieux mon bar que vous...

— Un troisième accès ? répéta Philippe Brunel d'une voix pressante. Et lequel ?

Boris Corentin regarda tour à tour Luigi Parmini, puis Aimé Brichot, qui avait l'air de plus en plus inquiet, avant de se reporter sur le commissaire principal.

Il plongea ses yeux dans ceux de Philippe Brunel et laissa tomber d'un ton parfaitement calme :

— Le monte-charge, monsieur le principal, tout simplement le monte-charge !

*

* *

— Tu... tu ne feras pas ça... balbutia Geneviève Cocherel, blanche comme un linge.

Ses yeux ne parvenaient plus à se détacher de la gueule noire et béante du pistolet que son amant braquait sur elle.

Ils étaient debout au milieu de la pièce, face à face, à environ un mètre l'un de l'autre. Sylvia Tournières, elle, était restée prostrée dans son fauteuil, l'air hagard, et paraissait ne plus rien comprendre au drame qui se jouait juste sous ses yeux étrangement fixes.

— Mais si, Geneviève, je vais le faire, répondit Arnaud, d'une voix dont le calme terrorisa encore plus sa maîtresse. Je vais te tuer, simplement parce que c'est la logique des choses, la logique du meurtrier que je suis devenu : je n'ai plus besoin de toi, donc, je te supprime, voilà tout ! Ne t'inquiète pas : tu n'auras pas le temps de souffrir...

Lentement, sans la quitter des yeux, Arnaud amorça un mouvement tournant, de façon à se retrouver derrière Geneviève, qui faisait face au bar. Le fait de ne plus voir son bourreau plongea la jeune femme dans une terreur viscérale, incontrôlable, et tout son corps se mit à trembler.

L'espace d'une seconde, elle se dit qu'elle allait mourir d'un arrêt cardiaque, avant même qu'Arnaud ait eu le temps d'appuyer sur la détente et de propulser dans le canon la balle qui allait lui faire exploser la cervelle.

Dans quelques secondes.

Ou même peut-être moins que ça.

Tout de suite...

La mort était là, invisible, soufflant son haleine fétide et glacée sur sa nuque sans défense...

À ce moment précis, la porte des toilettes vola littéralement en éclats, dans un fracas assourdissant de gonds éclatés.

Geneviève vit une ombre bondit au milieu du bar, rouler sur elle-même deux fois, avant de se relever à une vitesse foudroyante.

L'ombre en question tenait un revolver au bout de ses deux bras tendus.

— Police ! hurla une voix masculine. Laroche-Gaillard, lâchez immédiatement votre arme, sinon je vous descends !

Geneviève entendit un cri de rage dans son dos.

Dans la même seconde, elle se sentit ceinturée par derrière, et quelque chose de froid et dur s'appuya contre sa tempe gauche.

Le canon du pistolet.

— Monsieur Corentin ! grinça la voix méconnaissable d'Arnaud, tout près de son oreille. Par où diable êtes-vous arrivé jusqu'ici ? Ah ! mais oui, bien sûr : le monte-charge ! j'aurais dû y penser plus tôt ! En tout cas, bravo pour votre souplesse ! Mais j'ai peur que votre petit exploit ne vous serve pas à grand-chose. Car c'est vous qui allez jeter votre arme dans ma direction, monsieur Corentin. Sinon, j'aurai le regret de carboniser la cervelle de Mme Cocherel, ici présente…

Boris Corentin jura intérieurement, maudissant sa malchance. Il avait compté sur l'effet de surprise pour maîtriser Arnaud avant qu'il ait le temps de réagir.

Il ne pouvait pas prévoir que celui-ci tiendrait déjà l'un de ses otages en joue, au moment où il faisait irruption dans la pièce.

La rage au cœur, il se baissa, posa son 357 Magnum au sol et, d'un coup de pied, l'envoya en direction de Laroche-Gaillard, protégé derrière le corps tremblant de son otage.

C'est alors qu'un détail attira son attention.

D'abord, il prit conscience qu'Arnaud était gaucher, puisqu'il braquait le canon de son arme sur la tempe gauche de Geneviève Cocherel.

Une arme que Corentin identifia immédiatement, pour l'avoir déjà testée, lors de ses séances d'entraînement au tir : un Colt Pony Pocketlite LW, calibre 380 automatique.

Du fait que Laroche-Gaillard tenait l'arme dans sa main gauche, donc à l'envers, par rapport à un droitier, Boris Corentin voyait les détails de l'arme qui, normalement, auraient dû lui être cachés.

Et notamment, juste au-dessus de la crosse, à portée du pouce de son utilisateur, un minuscule levier métallique surmonté d'un petit rond rouge.

Le cran de sûreté du Colt.

Boris Corentin ferma à demi les yeux et prit une profonde inspiration.

Ce qui venait de surgir dans son esprit était extrêmement risqué. Pas tant pour Geneviève Cocherel que pour lui-même.

S'il se trompait sur le compte d'Arnaud, il risquait fort d'être mort dans quelques secondes.

Mais, comme c'était sa seule chance, il décida de la courir.

— Monsieur de Laroche-Gaillard, dit-il d'une voix parfaitement maîtrisée, totalement calme, je suis sûr que vous n'avez pas réellement l'intention de tirer, ni sur Mme Cocherel ni sur moi-même. J'en ai même la preuve sous les yeux, en fait…

— La preuve ? ricana Arnaud, un sourire mauvais sur ses lèvres minces. Je voudrais bien savoir laquelle, par exemple !

D'un geste négligent de la main, Boris Corentin désigna l'arme pointée sur la tempe de la directrice des ressources humaines des Sept-Voiles :

— Le cran de sûreté, monsieur de Laroche-Gaillard, le cran de sûreté. Vous l'avez laissé sur le rouge : c'est bien la preuve que vous n'avez l'intention de tuer personne, non ?

Malgré son cœur qui battait la chamade, Corentin parvint à garder l'air totalement serein, détaché.

Arnaud resta un instant décontenancé par la remarque. Puis, déviant légèrement le canon, il fit pivoter l'autre face du Colt vers lui pour l'examiner.

Il resta silencieux une seconde ou deux, puis éclata d'un petit rire métallique :

— Le cran de sûreté ! Mais bien sûr ! En tout cas, c'est très gentil à vous de m'avoir signalé cet oubli, monsieur Corentin ; Il ne me reste plus qu'à le « mettre au vert », si je puis dire !

D'un geste sec du pouce, Arnaud abaissa le petit levier métallique, fixé en haut de la crosse du Colt. Aussitôt le point rouge fut remplacé par un autre, de même taille.

De même taille, mais vert.

Le visage toujours aussi impassible, Boris Corentin commença alors d'avancer lentement dans la direction de l'adversaire et de son otage.

— Qu'est-ce qui vous prend ? gronda Arnaud en braquant son arme dans sa direction. Reculez immédiatement !

— Ça suffit, maintenant, articula posément Corentin, sans cesser d'avancer. Vous avez fait assez de dégâts comme ça, monsieur de Laroche-

Gaillard. Il est temps que les choses rentrent dans l'ordre.

— Arrêtez ou je vous tue ! hurla Arnaud, d'une voix haut perchée dans les aigus.

Sans accélérer ni ralentir son allure, Boris Corentin continua d'avancer.

Il vit l'index d'Arnaud se crisper sur la queue de détente, et celle-ci partir vers l'arrière.

Il continua d'avancer.

Alors, les mâchoires crispées et les yeux exorbités, Arnaud fit feu.

Du moins, il essaya.

Au lieu de la détonation attendu, il n'y eut rien d'autre qu'un léger claquement métallique.

Avec un rugissement de rage, Arnaud voulut appuyer une seconde fois sur la queue de détente.

Il n'en eut pas le temps. Boris Corentin était sur lui.

Arnaud de Laroche-Gaillard poussa un cri de douleur quand Boris lui saisit le poignet et le lui tordit violemment vers l'extérieur, imprimant une torsion insupportable à son épaule.

Il tomba à genoux et lâcha son Colt.

Le poing de Corentin l'atteignit à la tempe droite, et l'envoya dinguer contre le mur, où il resta inerte durant plusieurs secondes.

Groggy.

Quand il tenta de se relever, c'était trop tard pour lui : Boris Corentin avait déjà ramassé son 357 Magnum et le tenait en joue avec.

De l'autre main, il sortit un petit talkie-walkie de sa poche de blouson, enfonça la touche noire et approcha l'appareil de sa bouche :

— Monsieur le principal ? C'est OK, je contrôle parfaitement la situation, vous pouvez venir. Ah ! j'oubliais : inutile d'enfoncer les portes : j'envoie mes deux « assistantes » vous les ouvrir !

Comprenant ce qu'on attendait d'elle, Geneviève Cocherel, qui récupérait à une vitesse étonnante, se dirigea d'une démarche qui ne tremblait plus, vers l'escalier extérieur.

— Je ne comprends pas ! gémit alors Arnaud, toujours affalé par terre, contre le mur. Qu'est-ce qui s'est passé ? Pourquoi est-ce que vous n'êtes pas mort ? Pourquoi ?

Boris Corentin le toisa de toute sa hauteur, avec un sourire où la pitié se mêlait au mépris :

— Il s'est passé une chose fort simple, monsieur de Laroche-Gaillard. C'est que, si vous possédez votre permis de conduire, vous ignorez tout du maniement des armes de poing.

Arnaud leva vers lui des yeux éberlués :

— Je ne comprends pas... quel rapport avec...

— Vous allez comprendre, répondit Corentin très calmement. D'après le code de la route, quand un feu est rouge, on s'arrête, et quand il est vert, on passe. Seulement, avec les armes du type de celles que vous aviez en main, il se trouve que c'est exactement le contraire : quand c'est vert, ça veut dire que le cran de sûreté est mis, et la balle ne monte pas. Par contre, quand c'est rouge, vous pouvez tirer.

Le sourire de Boris Corentin s'élargit, et il ajouta, au moment où des bruits de pas précipités se faisaient entendre dans l'escalier :

— Comme je me doutais que vous alliez me tirer dessus si j'avançais et que, finalement, je tiens à ma peau, j'ai trouvé plus judicieux, et moins dangereux pour moi, de vous faire remettre vous-même le cran de sûreté de votre arme !

CHAPITRE XIII

— On va le boire où, ce verre ? demanda Boris Corentin, au moment où Aimé Brichot et lui quittaient le 36 quai des Orfèvres.

— Écoute, franchement, répondit son coéquipier, n'importe où sauf dans un bar à hôtesses, s'il te plaît !

Boris éclata de rire, et se mit à marcher en direction de la grande brasserie du boulevard Saint-Michel, de l'autre côté du pont du même nom.

Depuis trois jours, le soleil était revenu sur Paris, et il ne restait plus dans le ciel que quelques petits nuages blancs et moutonneux, parfaitement inoffensifs.

Ça faisait également trois jours que l'affaire des *Servantes d'Aphrodite* avait trouvé une fin à la fois rapide et heureuse, grâce à la présence d'esprit de Corentin.

— Tu auras beau dire, fit Aimé Brichot, tandis qu'ils prenaient place à une table libre, juste derrière la grande vitrine de la brasserie, mais tu as quand même pris un sacré risque avec ton histoire de cran de sûreté.

— Pas tant que ça, Mémé, pas tant que ça, répondit Boris, en faisant signe au serveur en veste blanche et nœud papillon noir. Je me suis dit que, dans le milieu où évolue fatalement Arnaud de Laroche-Gaillard, on pratiquait plutôt le golf ou le polo que le tir au pistolet. Donc, il y avait de grandes chances pour qu'il ignore tout du maniement de l'arme qu'il tenait en main. Et comme, dans la vie courante, on est habitué à ce que le vert indique l'ouverture, le passage autorisé, le fonctionnement, et le rouge le contraire, j'étais à peu près sûr qu'il ne pouvait que tomber dans le piège que je lui tendais. Ce qu'il a fait.

— En tout cas, fit Brichot, la moustache festonnée de mousse blanche après avoir avalé sa première gorgée de bière, je ne sais évidemment pas ce que vont décider les jurés d'Assises, mais à mon avis il n'est pas près de ressortir de prison, ton fils de famille, même si papa lui paie les meilleurs avocats de la planète. Parce qu'il a quand même tué Lorraine Champeaux de sang-froid. Et tout ça en croyant se protéger, dans une affaire où il n'était pour rien. Quel gâchis !

— Tu as raison, Mémé, approuva Corentin d'un air grave. En fait, Bernhard Hochwald a des chances de s'en tirer beaucoup mieux que lui, pour le meurtre de Clémentine Souveyrac : son avocat pourra plaider la jalousie, les humiliations quotidiennes, infligées par Luigi Parmini, le désir de vengeance, etc.

Ils restèrent quelques secondes silencieux, chacun plongé dans ses pensées.

— Et Geneviève Cocherel ? fit soudain Aimé Brichot, elle prend tout ça comment ?

Boris eut un petit sourire :

— Je ne suis pas trop inquiet pour elle, va ! Même si elle a effectivement démissionné de son poste de directrice des ressources humaines des Sept-Voiles, dès que ses frasques sexuelles ont été révélées à sa hiérarchie, sois certain qu'elle a assez de relations haut placées pour retomber sur ses pieds. C'est quand même elle qui, dès le premier jour, est intervenue pour que les *Servantes d'Aphrodite* ne soit pas fermé, malgré le meurtre de Clémentine Souveyrac.

— Ce qui n'était que reculer pour mieux sauter, observa Aimé Brichot d'un ton sentencieux.

Il faisait allusion à ce qui s'était passé deux jours plus tôt : par arrêté préfectoral, l'établissement *Les Servantes d'Aphrodite* avait été fermé « jusqu'à nouvel ordre ». Motif : détention dans un lieu public d'une arme à feu sans permis de port. Le tout assorti d'une forte amende pour Luigi Parmini.

— Sylvia Tournières va avoir du temps pour aller rendre visite à Bernhard Hochwald dans sa prison, conclut Boris. Après tout, c'est en partie de sa faute, si ce pauvre type a basculé dans le meurtre…

— Eh bien, les garçons, vous en tirez une tronche ! s'exclama une voix féminine dans le dos de Corentin.

Il tourna la tête, et reconnut Véronique Houlbec, alias Sonia. Laquelle s'assit sans façon entre Brichot et lui.

— Le flic devant la porte, là-bas, m'a dit que je vous trouverai sûrement ici, indiqua-t-elle avec un grand sourire Alors, je me suis dit que j'allais me faire payer un pot, maintenant que j'étais en train de redevenir pauvre.

Elle redevint sérieuse, presque grave, et plongea ses grands yeux noirs dans ceux de Boris :

— Parce que ça y est, tu sais : j'ai décidé d'arrêter définitivement les boulots d'hôtesse. Je ne sais pas encore ce que je vais trouver à la place, mais je vais trouver, c'est sûr.

Véronique caressa Boris du regard, et ses joues s'empourprèrent légèrement.

— Tu vas peut-être me trouver idiote, murmura-t-elle, mais après ce qu'on a vécu ensemble, l'autre nuit, j'aurais eu l'impression de te trahir, en continuant. C'est con, hein ?

Boris lui passa doucement la main dans les cheveux, et répondit, plus ému qu'il ne voulait le laisser paraître :

— Moi, je trouve ça tout sauf « con », comme tu dis. Tu mérites bien mieux que ça, de toute façon.

— En tout cas, enchaîna Véronique, puisque c'est grâce à toi que je m'en suis sortie, j'ai décidé que tu méritais une récompense.

— Ah bon ? fit Boris d'une voix innocente. Et tu as prévu de m'offrir quoi ?

Véronique éclata d'un rire joyeux :

— La même chose que ce que peut offrir une hôtesse... mais en beaucoup mieux et gratuit !

— Ça marche pour moi ! conclut Boris, en la serrant contre lui, sous l'œil indulgent d'Aimé Brichot.

Achevé d'imprimer sur les presses de

BUSSIÈRE

GROUPE CPI

à Saint-Amand-Montrond (Cher)
en avril 2001

VAUVENARGUES - 14, rue Léonce Reynaud - 75116 Paris
Tél. : 01-40-70-95-57

— N° d'imp. 12508. —
Dépôt légal : mai 2001.

Imprimé en France